Oetinger Taschenbuch

Rüdiger Bertram wurde 1967 in Ratingen geboren. Er studierte Geschichte, Volkswirtschaft und Germanistik und arbeitet als freier Journalist und Schriftsteller. Er schreibt satirische Kurzgeschichten, Drehbücher und Konzepte für Film und Fernsehen, vor allem für Komödien und Sitcoms, und hat bereits einige erfolgreiche Kinderbücher veröffentlicht, zum Teil mit Illustrationen von Heribert Schulmeyer.

Heribert Schulmeyer, 1954 geboren, fand schon als Kind Freude am Zeichnen von Comics, das er bis heute mit Ausdauer betreibt. Er studierte freie Graphik und Illustration an der Kölner Werkschule, machte sich einen Namen mit Comics für Erwachsene und illustriert sehr erfolgreich Kinderbücher. Heribert Schulmeyer arbeitet u.a. auch für die beliebte *Sendung mit der Maus* des WDR. Er ist Mitbegründer des Papiertheaters *Kölner Kästchentreffen* und kreiert seit einigen Jahren als freischaffender Künstler phantasievolle Kleinplastiken aus Ton, Papier, Bastelartikeln und Spielzeug.

PizzaKrawalla

Eine unheimliche Bestellung

von
Rüdiger Bertram
und Heribert Schulmeyer

Oetinger Taschenbuch

Außerdem bei Oetinger Taschenbuch erschienen:

Coolman und ich (Band 1)
Coolman und ich. Rette sich, wer kann (Band 2)
Coolman und ich. Ganz großes Kino (Band 3)
Coolman und ich. Ein Job für alle Fälle (Band 4)
Coolman und ich. Bonjour Baguette (Band 5)

MIX
Papier aus verantwortungsvollen Quellen
FSC® C014496

Das für dieses Buch verwendete FSC®-zertifizierte Papier Danube liefert Salzer Papier, St. Pölten, Austria. Der FSC® ist eine nicht staatliche, gemeinnützige Organisation, die sich für eine ökologische und sozialverantwortliche Nutzung unserer Wälder einsetzt.

1. Auflage 2015

Erstmals erschienen im Rowohlt Taschenbuch Verlag, Reinbek bei Hamburg 2005
Umschlag- und Innenillustrationen: Heribert Schulmeyer
Druck: GGP Media GmbH, Pößneck
ISBN 978-3-8415-0352-7

www.oetinger-taschenbuch.de

1. Der Krake

Es war nicht fair. Einfach nicht fair. Anselmo besaß wie die meisten Jungen nur zwei Arme. Der blassgrüne Krake vor ihm aber hatte acht davon. In Arm eins bis fünf hielt er ein Schwert, einen Tomahawk, eine Streitaxt, ein Schweizermesser und einen Dreizack, im sechsten eine Tasse Tee, und mit dem siebten stützte er sich elegant auf dem Boden ab. Mit seinem achten Arm umklammerte er lieblos einen kleinen getigerten Stoffkater. Anselmo besaß nichts außer seinem Schwert und einem Schild, die sich bei genauem Hinsehen als eine lange rote Salami und eine Pizza Margherita entpuppten. Sie rochen auch so.

Anselmo versuchte, mit seiner Salami die Teetasse des Kraken zu treffen. Dort schien ihm das Ungeheuer am verwundbarsten. Tatsächlich schwappten bei seinem Angriff einige Tropfen Tee auf die Untertasse. Vor Wut verfärbte sich der Krake dunkelgrün und stürzte sich erneut auf den Jungen. Mit sechs kräftigen Axtschlägen zerlegte er Anselmos Schild in zwölf gleich große Teile. Gleichzeitig hieb er mit dem Schweizermesser das Salamischwert in hauchdünne Scheiben, die er geschickt mit seinem Dreizack in der Luft auffing und auf den Pizzastücken verteilte. Es war wirklich beeindruckend. Wäre Anselmo nicht in einer so ausweglosen Situation gewesen, hätte er bestimmt geklatscht.

Doch dafür blieb keine Zeit. Der Krake drängte ihn immer weiter an den Rand der sturmumtosten Klippe, auf der sie nun schon seit dem Morgengrauen kämpften. Anselmo hörte das Meer toben, das sich gut zwei Kilometer unter ihm wütend gegen die Fel-

sen warf. Er schloss die Augen. Jetzt bloß nicht runtersehen. Aber rief da nicht jemand um Hilfe? Anselmo blinzelte vorsichtig zwischen seinen Lidern hindurch. Sofort wünschte er sich, er hätte es nicht getan. Der Krake hielt den Stoffkater am Schwanz und ließ ihn über dem Abgrund hin und her baumeln. Dann ließ er los.

Anselmo wachte schweißgebadet und erleichtert auf. Alles halb so schlimm: kein Krake, keine Klippe. Nur sein Zimmer und sein Bett. Aber wo war Bogart? Sollte er doch …? Nein, sein Kater war nur aus dem Bett gefallen und schlummerte friedlich und unversehrt auf dem Teppich.
Bogart konnte von Glück sagen, dass Anselmo kein Hochbett besaß. Wegen seiner schrecklichen Höhenangst lag die Matratze so flach am Boden wie nur eben

möglich. Anselmo holte seinen Plüschkater zurück ins Bett. Ein seltsamer Traum war das gewesen. Die Arme des Kraken hatten genau so ausgesehen wie die Schatten, die die Äste draußen im Mondlicht an die Zimmerdecke warfen. Anselmo wurde es unheimlich. Er schlüpfte in seine Hausschuhe, schnappte sich seinen Kater und ging zur Treppe. Unten in der Küche brannte noch Licht. Auf dem Küchentisch lag ein Zettel.
»Bin noch zu Tante Kathrin. Marco ist in der Pizzeria. Kuss Mama.«
Na prima, wenn man sie mal brauchte, war sie nicht da. Anselmo zog sich einen Pullover über, klemmte sich Bogart unter den Arm und machte sich auf den Weg zu der kleinen Pizzabude seines Bruders.

2. Die Lieferung

Anselmo saß auf einem hohen Barhocker und bemühte sich, nicht nach unten zu schauen. Es war schon spät. Anselmos Bruder arbeitete allein in der kleinen Pizzeria. Wegen des heißen Holzkohleofens trug Marco nur ein weißes, mit Tomatensoße bekleckertes Hemd über seiner schwarz-weiß karierten Kochhose. Marco lachte, während er vier Pizzakartons zusammenfaltete.

Anselmo hatte schon befürchtet, dass ihn sein großer Bruder nicht ernst nehmen würde. Wenigstens hielt Bogart zu ihm. Anselmo drückte seinen Stoffkater eng an sich und studierte die Pizza-Bestellungen, die an einer großen Pinnwand hingen.

»Große Friedhofsgasse 666? Das klingt ja unheimlich.«

»Vier Pizzas Diavolo, extrascharf, eine Flasche Cola und zwei Baguette-Brote als Beilage.« Marco griff in einen Korb und holte die zwei Brote heraus.

»Die sehen aber nicht mehr ganz frisch aus«, bemerkte Anselmo.

»Na und? Sobald die meine tolle Pizza probiert haben, rühren sie die Brote sowieso nicht mehr an. Außerdem ist das die letzte Bestellung für heute. Wenn du willst, kannst du hier auf mich warten. Ich liefere die nur kurz aus, und dann können wir zusammen nach Hause.«

Anselmo fand die Aussicht, in der Pizzeria auf seinen Bruder zu warten, nicht sehr ermutigend. Schließlich war er hierhergekommen, weil er nicht allein sein wollte.

»Na, sehen die nicht lecker aus?« Stolz holte Marco die Pizzas aus dem Ofen und ließ sie in die Kartons gleiten. Die Schatten seiner Hände, die das Ofenfeuer an die Pinnwand warf, erinnerten Anselmo wieder an den Kraken und seine 32 Arme.

»Wir kommen mit!«, rief Anselmo.

»Wir?«

»Ich und Bogart natürlich.« Anselmo hielt seinen Stoffkater hoch.

»Du weißt doch, dass das verboten ist!«

»Warum ist das für Bogart verboten?«

»Nicht für den Kater, für dich. Ich darf im Wagen niemanden mitnehmen.«
»Bitte! Ich helfe dir auch«, bettelte Anselmo.
»Wie willst du Knirps mir denn helfen?«
»Ich könnte die Pizza tragen. Und ich könnte dir das Ende von meinem Traum erzählen.«
Anselmo schaute seinen Bruder flehend an. Normalerweise half das.
»Ausnahmsweise. Aber deinen Traum kannst du für dich behalten. Und wehe, du machst Ärger.« Marco drückte Anselmo die vier warmen Pizzakartons in die Arme, schob ihn zur Tür hinaus und löschte das Licht.

Anselmo kletterte mit Bogart vorne auf den Beifahrersitz. Marco warf Anselmo einen Stadtplan zu und gab Gas. »Hier, du weißt hoffentlich, wie man damit umgeht, Kleiner!«

Die Straßen, durch die sie fuhren, wurden immer düsterer. Die Häuser waren halb verfallen, die Straßenlaternen fast alle kaputt, und die Menschen, die so spät noch unterwegs waren, hätte Anselmo lieber nicht nach dem Weg fragen wollen. Er gab sich alle Mühe, die Große Friedhofsgasse allein auf dem Plan zu finden.

»Halt! Hier musst du rechts rein«, rief Anselmo, der die kleine Abzweigung beinahe übersehen hätte.

»Hier?« Marco betrachtete stirnrunzelnd die enge Straße. Sie führte zu einem Haus, das einsam auf einem Hügel stand. Im Licht der Scheinwerfer konnte Anselmo ein verdrecktes Straßenschild lesen: »Große Friedhofsgasse«. Kein Zweifel, hier waren sie richtig. Marco bog ab und fuhr die Anhöhe hinauf. Die Hausnummer 666 stimmte auch, obwohl es das einzige Gebäude in der ganzen Straße war.

DU BLEIBST
IER UND WARTEST
AUF MICH —!

Marco verschwand mit den Pizzakartons in dem Haus, das silbern im Mondlicht leuchtete. Hinter einigen Fenstern brannte noch Licht, und im Garten stand ein bunter Kinder-Swimmingpool.
Anselmo wartete. Lange. Sehr lange.
Zu lange für Bogart, seinen Stoffkater. »Wenn du mich fragst, müssen wir da rein. Dein Bruder steckt bestimmt in Schwierigkeiten.«
»Sei ruhig, Bogart, wir sollen warten. Also warten wir.« Anselmo hatte längst selber begonnen, sich Sorgen zu machen. Anselmo war gut im Sich-Sorgen-Machen. Dazu brauchte er Bogart nicht. Anselmo setzte seinen Stoffkater auf dem Armaturenbrett ab.

»He, hör sofort auf damit. Du weckst ja alle auf.«
»Und wennschon. Irgendwann musste das ja kommen, dass dein Bruder wegen seiner miesen Pizzas Ärger kriegt. Meine berühmte Pizza Krawalla ist viel

leckerer, das steht 100-prozentig und erdbebenspezialgetestet fest. Also was ist, gehen wir rein?«, drängelte der Kater ungeduldig.

»Er hat gesagt, wir sollen warten.« Anselmo war froh, dass sein Bruder das gesagt hatte.

»Ich geh jetzt rein. Ich hab keine Lust mehr, hier in dieser dreirädrigen Spielzeugkiste zu warten.« Bogart öffnete die Fahrertür und sprang hinaus.

»Warte, das dürfen wir nicht!« Anselmo holte ihn erst ein, als Bogart längst an der Tür stand und Sturm klingelte.

»Guck mal, ist offen.« Bogart hatte der Tür einen leichten Stups gegeben. Dahinter lag eine große, dunkle Halle.

»Warte, vielleicht kommt noch jemand.« Zu spät, Bogart war längst im Haus verschwunden.

3. Die Halle

WARUM HABE ICH KEINEN STOFFKATER, WIE JEDER ANDERE AUCH — EINER, DER AUF MICH HÖRT!

HAST DU SO WAS SCHON MAL GESEHEN? ALL DIESE TIERE? DAS IST EINFACH UN-GLAUBLICH!
DIE VIECHER DA? — DAS IST DOCH GAR NICHTS. ALS ICH TRAPPER IN KANADA WAR, HATTE ICH EINEN AUSGESTOPFTEN GRIZZLY ALS SESSEL!

Bogart musterte hochnäsig die Tierköpfe, machte dann sicherheitshalber aber doch einen großen Bogen um einen ausgestopften Löwenschädel.

»Wo kann er nur sein? Hoffentlich ist Marco nichts passiert«, flüsterte Anselmo, dem die große Halle und die vielen Tiere nicht geheuer waren. Am liebsten wäre er hier schnell wieder verschwunden. Aber das ging nicht. Nicht, solange sie Marco nicht gefunden hatten.

»Ich werde ihn rufen, dann kommt er schon«, tönte Bogart scheinbar unbeeindruckt und brüllte laut: »MARCO, WO BIST DU?«

Statt einer Antwort hörten Anselmo und Bogart eine dröhnende Stimme: »1, 2, 3, 4, 5, 6, 7, 8 … das darf doch nicht wahr sein. Noch mal: 1, 2, 3, 4, 5, 6, 7, 8 … Wo ist Nummer 9? Und wo um alles in der Welt steckt Nummer 10?«

Die beiden Freunde schlichen zu der Tür, hinter der die Stimme erneut zu zählen begonnen hatte. Durch einen Spalt konnten sie in eine Küche sehen, in der eine große, dürre Frau vor einem langen Holztisch stand. Sie trug eine Schürze und hielt einen Eimer mit rohen Heringen in der Hand. Um den Tisch saßen acht Seehunde auf niedrigen Hockern und klatschten vor Aufregung mit den Flossen. Zwei Hocker waren noch frei.

»Das kenn ich«, flüsterte Bogart, »als ich damals Aufseher in einer Ameisenfarm war, musste ich auch

jeden Abend die Anwesenheit kontrollieren. Und was glaubst du wohl? Von den fünf Millionen fehlten auch immer drei oder vier.«
Anselmo hörte gar nicht zu. Während sein Kater neugierig die Szene in der Küche ausspähte, beobachtete er weiter die ausgestopften Tierköpfe. Hatte sich der Löwe da rechts nicht gerade bewegt? Außerdem hätte er schwören können, dass der spitze Kopf des Kängurus genau so wippte, als ob sein Körper hinter der Wand auf und ab hüpfen würde. Das alles war äußerst seltsam, aber noch nicht wirklich beunruhigend. Wirklich beunruhigend war, dass der Bulldoggenkiefer, der direkt neben der Küchentür hing, gerade mit seinen spitzen Zähnen nach Bogarts Schwanz schnappen wollte. Anselmo gab dem Kater einen kräftigen Stoß.

4. Die Küche

BIST DU TOTAL VERRÜCKT–MICH SO ZU SCHUBSEN? BIN ICH EIN POSTPAKET?
ABER DRAUSSEN, DIE BULLDOGGE, DIE WOLLTE NACH DIR SCHNAPPEN!
NA KLAR! UND DAS AUSGESTOPFTE KÄNGURU IST DURCH DEN FLUR GEHÜPFT. ODER WAS?

Gemeinsam kullerten sie auf den frisch gebohnerten Dielen in die Küche. Direkt vor die ausgelatschten Pantoffeln der dürren Köchin.
Ehe Bogart noch etwas erwidern konnte, hatte die Köchin die beiden am Kragen gepackt und auf die freien Hocker gesetzt.
»Nummer 9 und Nummer 10! Wie schön, dass ihr auch schon da seid. Jetzt stimmt es«, rief sie zufrieden, schloss die Küchentür ab und schnappte sich einen Gummiball, der auf der Spüle gelegen hatte.
»Hören Sie, mein Name ist Anselmo, und das ist mein Kater Bogart. Wir haben leider gar keine Zeit zum Spielen«, versuchte Anselmo höflich die Verwechslung aufzuklären. »Wir suchen meinen Bruder.«
»Ruder? Nein, Nummer 10. Heute wird nicht gerudert, heute spielen wir Ball, das weißt du doch.« Die Köchin warf einem der Seehunde den Ball zu, verfehlte ihn aber um einige Meter. Das arme Tier musste durch die halbe Küche robben, um ihn doch noch zu erwischen und geschickt auf seiner Nase kreisen zu lassen. Zur Belohnung schmiss die Köchin ihm einen Fisch zu. Auch der Wurf ging mehrere Meter daneben.

Bevor der Seehund durch die Terrassentür zum Spielen nach draußen verschwand, gab ihm die Köchin noch einen dicken, feuchten Kuss auf die nasse Nase. Ein Seehund nach dem anderen jagte dem Gummiball und seiner Belohnung hinterher und verschwand geknutscht nach draußen.

Dann war Bogart an der Reihe. Die Köchin warf den Ball, der Kater raste hinterher, stoppte ihn geschickt mit der Brust, ließ ihn 53-mal abwechselnd auf seinem rechten und linken Oberschenkel aufspringen, dribbelte flink zwischen den Hockern hindurch und versenkte ihn mit einem Fallrückzieher in einem Speisenaufzug, der in der Wand eingelassen war und offen stand.

Anselmo schüttelte sich, als er sah, wie sein Kater den rohen Hering genüsslich und in einem Stück verschlang. Noch mehr schüttelte er sich allerdings, als die Köchin mit ausgebreiteten Armen auf Bogart zulief, um ihm den verdienten Kuss zu geben.

Leichenblass wich nun auch Bogart Schritt für Schritt zurück. Dann wendete er pfeilschnell, um durch die Terrassentür nach draußen zu flüchten. Aber die Köchin war schneller. Sie sperrte die Terrassentür zu und wartete mit ausgebreiteten Armen und ihrem nassen, spitzen Kussmund auf ihn. Bogart konnte nicht mehr bremsen. Er raste auf die Tür zu. Seine einzige Chance war eine winzige Katzenklappe, die unten in die Tür eingebaut war. Zwischen den dünnen Stelzen der Köchin hindurch versuchte Bogart, dort hinauszuflüchten … und blieb hoffnungslos stecken.

Anselmo musste seinen Kater retten, das war klar. Er schnappte sich den Ball aus dem Speisenaufzug und schoss. Eigentlich hatte er die dürre Köchin treffen wollen. Der Ball aber prallte am Türpfosten ab und landete in einem Stapel dreckigen Geschirrs. Scheppernd fielen die Teller und Tassen zu Boden, wo sie in tausend Scherben zersprangen. Sofort ließ die Köchin von Bogart ab und stürzte sich wütend auf Anselmo, der um den Tisch flüchtete – die schimpfende Köchin dicht auf den Fersen: »Na warte, Nummer 10, wenn du nicht stehen bleibst, schick ich dich nach oben. Wirst schon sehen, was du davon hast!«

Fünfmal kam Anselmo an dem jammernden Bogart vorbei, der immer noch in der Katzenklappe feststeckte. Verzweifelt suchte er nach einem Fluchtweg. Die Türen waren verschlossen, die Katzenklappe verstopft, ihre einzige Chance war der Speisenaufzug.

Als Anselmo das sechste Mal an der Terrassentür vorbeirannte, zerrte er Bogart aus der Klappe, klemmte sich den jaulenden Kater unter den Arm und sprang mit einem Satz in die enge Aufzugskabine.

Drinnen lag dreckiges Geschirr. Auf einem Teller sogar der Rand einer Pizza.

Da war sie, die erste Spur seines Bruders. Doch Anselmo blieb keine Zeit, sich Gedanken zu machen, ob das nun ein gutes oder ein schlechtes Zeichen war.
Einen Holzlöffel schwingend, stürzte die rasende Köchin auf sie zu:

Anselmo suchte verzweifelt nach einem Knopf, um den Aufzug zu starten. Die Köchin war schon fast bei ihnen, da streckte Bogart seinen langen Schwanz nach draußen und drückte mit der Schwanzspitze den richtigen Schalter. Die Schiebetüren schlossen sich.
»Auuuuuuuaaaaaaaa.«
Mit einem Ruck befreite Anselmo den eingeklemmten Schwanz seines Katers, und der Aufzug setzte sich langsam in Bewegung.
»Pusten!« Bogart hielt Anselmo den Schwanz hin, und der Junge hauchte dreimal auf die schmerzende Stelle.
»Es tut immer noch weh«, jammerte der Kater. »Und das alles nur, weil du mich in diese verrückte Küche gestoßen hast. Phhh, phhh.« Bogart hatte begonnen, seinen Schwanz selbst zu versorgen.
»Hätte ich dich nicht gestoßen, hättest du jetzt gar keinen Schwanz mehr. Die Bulldogge hätte ihn dir glatt abgebissen«, rechtfertigte sich Anselmo.
»Ausgestopfte Tiere, die beißen, gibt es nicht. Phhh, phhh.«
»So wenig wie sprechende Stofftiere, die ihren Schwanz anpusten. Und die Alte war ja wohl auch nicht ganz normal, oder?«
Bogart schwieg beleidigt. Aber nur kurz. »Das war nur eine halb blinde, schwerhörige Dresseurin, die mit ihren Seehunden eine Zirkusnummer einstudiert hat. Was soll daran nicht normal sein?«

»Und was meinte sie dann mit denen da oben?«, fragte Anselmo.

»Woher soll ich das wissen? Wahrscheinlich wohnt da oben ein Yeti, die leben immer ganz weit oben. Als ich einmal auf dem Mount Everest war, hab ich da auch einen getroffen, der war riesengroß und riesengefährlich.«

»Vielleicht ist Marco da oben. Vielleicht ist er in Gefahr«, flüsterte Anselmo besorgt.

»Unsinn«, erwiderte Bogart unsicher. Es sollte beruhigend klingen, aber das tat es nicht. »Marco geht es bestimmt ganz hervorra…«

Weiter kam Bogart nicht. Der Aufzug stoppte mit einem plötzlichen Ruck, der die beiden heftig durcheinanderschüttelte.

5. Die Bibliothek

DIE PAAR POPELIGEN BÄNDE? DA HABE ICH JA SCHON MEHR GESCHRIEBEN: JIM KNOPF UND BOGART DER LOKOMOTIVFÜHRER ODER ROBBI, BOGART UND DAS FLIWATÜT!
ATLAS
PIZZA

Während Bogart weitere seiner Werke aufzählte, sah sich Anselmo den Raum etwas genauer an. Neben den Regalen standen in der Bibliothek ein brauner Ledersessel, ein Sekretär, auf dem ein leerer Pizzakarton lag, ein Stehpult und eine fünfstufige Holztreppe, die man an den Regalen entlangschieben konnte, um auch die Bücher ganz oben erreichen zu können. Von Marco war weit und breit nichts zu sehen.

»... Bogart Potter, Bogart und Petterson ...« Der Kater war noch immer mit der Liste seiner Werke beschäftigt, als er von einem lauten Gähnen unterbrochen wurde.

»Wenn dich mein Werk nicht interessiert, dann sag es einfach«, fauchte der Kater Anselmo an.
»Aber wieso denn, ich hab doch gar nicht gegähnt«, verteidigte sich Anselmo. »Ich glaube, das war der Sessel da.«
»Red dich nur raus, ein Sessel, der gähnt, das ist doch völlig unmöglich.«
»Unmöglich. Da haben Sie völlig recht.«
Mit der plötzlichen Unterstützung hatte Bogart nicht gerechnet. Der Sekretär hatte sich aus seiner Ecke zu Wort gemeldet: »Völlig unmöglich. Lautes Gähnen gehört sich einfach nicht. Das ist unhöflich.«
Bogart und Anselmo sahen den Sekretär mit großen Augen an.
Er hatte gesprochen.
Sie hatten es beide gehört.

»Entschuldigen Sie, verehrter Sekretär, wenn ich widerspreche. Ich finde, der Sessel hat durchaus ein Recht zu gähnen, wenn ihm danach ist«, mischte sich nun auch das Stehpult ein und nahm eine Prise Schnupftabak, worauf es sogleich laut zu niesen begann: »Haaatschiiiiii!«
»Was versteht ein niesendes Stehmöbel schon von Manieren?«, entgegnete der piekfeine Sekretär verschnupft und warf einen hochnäsigen Blick durch sein Monokel auf den Sessel, der jetzt sogar laut vor sich hin schnarchte.
»Hört nicht auf die beiden. Die zanken den ganzen Tag. Ihr seht aus, als wärt ihr auf der Suche nach etwas, ihr Ärmsten. Vielleicht kann meine Wenigkeit euch helfen«, wandte sich die Treppe eine Spur zu liebenswürdig an Anselmo und Bogart.
Anselmo fasste sich als Erster wieder. »Wir suchen meinen Bruder. Er ist Pizzabote. Haben Sie ihn gesehen?«
»Nein, leider. Bedaure«, antwortete die Treppe übertrieben betrübt. »Aber hier in diesen Büchern findet sich für alles eine Lösung. Fragt sich nur in welchem?«
»Ich würde zu einem Kochbuch raten. Italienische Küche«, meldete sich das Stehpult ungefragt zu Wort.
»So ein Unsinn, ein Buch über die Geschichte der Dienstboten von damals bis heute. Das könnte helfen«, schlug dagegen der vornehme Sekretär vor.

»Das ist ja wohl das Lächerlichste, was ich je gehört habe, Sie Möbelhausschnäppchen.«
»Selber, Sie Spanplatte!«
»Obstkiste!«
»Astloch!«
»Wurzelwicht!«
»Achtet gar nicht auf sie. Die besten Ratschläge findet man sowieso immer ganz oben in den Regalen«, lockte die Treppe listig. »Scheu dich nicht und komm, mein Junge.«
Anselmo folgte der Einladung.
Er stieg die fünf Stufen hinauf
und nahm sich ein Buch aus
dem Regal.

Bogart traute der verschlagenen Treppe nicht. Sein Plüschkatzeninstinkt signalisierte Alarmstufe Rot.

»Was soll denn schon passieren?«, fragte Anselmo, schlug das Buch auf und … war verschwunden.

Das heißt, sein Anselmo-Körper saß selbstverständlich immer noch dort oben auf der Treppe. Sein Geist aber hatte sich aus dem Staub gemacht und war in einem riesigen, bonbonbunten Vergnügungspark, in dem Löwen und Zebras gemeinsam in einem Riesenrad fuhren, wieder aufgetaucht. Überall flatterten Schmetterlinge und Lutscher in schillernden Farben umher. Anselmo selbst saß auf dem Rücken eines Zebras. Er trug eine silberne Rüstung, und hinten auf seinem Pferd saß eine wunderschöne Prinzessin. Ihre Gesichtszüge glichen ein wenig denen von Sabine aus der 4b, in die Anselmo heimlich verliebt war. Alles um ihn herum war wunderschön. Unendlich viel schöner als alles, was er jemals gesehen hatte.

Bogart konnte brüllen, so laut er wollte.
»Er kann dich nicht hören. Dein Freund ist jetzt mein Freund«, lachte die Treppe den Kater aus.
Bogart rannte auf sie zu, doch als er die erste Stufe erreichte, gab ihm die Treppe einen Tritt, der den Kater in hohem Bogen auf den Sessel schleuderte.
»Hat sie es wieder mal geschafft, die Böse«, seufzte der Sekretär.
»In der Tat, es sieht ganz so aus«, pflichtete das Stehpult bei und nahm noch eine Prise Schnupftabak: »Hatschi!«
»Aber wie kann ich meinem Freund helfen?«, fragte Bogart verzweifelt.
»Die Treppe hat recht. Die Lösung steht in den Büchern«, antwortete der verschlafene Sessel, der durch Bogarts Landung kurz aus seinem Nickerchen erwacht war.
»Aber in welchem?«, fragte Bogart ratlos.
Der Sessel fing leise an, eine kleine Melodie zu summen: »Musik, ich glaube, etwas Musik wäre nicht schlecht.« Dann döste er wieder ein.
»Hey, nicht einschlafen!« Bogart rüttelte den Sessel an der Lehne. »Weißt du, wo der Pizzabote steckt?«
Nur mühsam gelang es dem Sessel, sich noch für einen Moment wach zu halten. »Der, der heute die Pizza gebracht hat?«
»Genau der. Wo ist er?«
»Ich habe nicht die geringste Ahnung.«

Bogart ließ sich enttäuscht in die Polster fallen. Doch kurz bevor der Sessel endgültig wegdämmerte, schien er noch etwas sagen zu wollen. Bogart presste sein Ohr ganz dicht an den Lederbezug.

Das letzte Wort vermischte sich bereits mit einem tiefen Schnarchen. Der Sessel war wieder eingeschlafen. Bogart stürzte sich auf die Bücher und riss sie aus den Regalen. Atlanten, Ritterromane, eines über Bienenzucht und eines über das Training von Rennpferden. Der Sekretär und das Stehpult machten sich einen Spaß daraus, den Kater mit Zurufen wie »Heiß, ganz heiß« und »Kalt, noch kälter« von einem Buch zum andern zu hetzen.

Endlich fiel Bogart ein Musiklexikon in die Hände. Der Kater schlug es auf und taumelte zurück. Aus der aufgeschlagenen Seite sprang ihm ein kleiner Mann entgegen. In seinen Händen hielt er eine goldene Trompete, in die er mit dick aufgeblasenen Backen hineintrötete.

Es war so laut, dass alle Möbel im Raum zu wackeln begannen. Auch die Treppe.

»Mach das Buch zu, mach sofort das Buch zu, du kleiner mieser Mäusefresser«, schimpfte sie und klammerte sich an das Regal, um nicht umzufallen. So konnte sie nicht verhindern, dass Anselmo durch ihr Gewackel sein Buch aus den Händen verlor.

Es fiel polternd zu Boden. Mit einem Schlag knallte Bogart das Lexikon zu. Die Musik verstummte, und auch von dem Trompeter war nichts mehr zu sehen.
»Aua, pass doch auf«, grollte es gedämpft zwischen den Buchdeckeln hervor.
Anselmo saß verwirrt oben auf der Treppe.

»Warte, ich hol es dir.« Hastig beugte sich die Treppe hinunter, um das Buch aufzuheben.
Bogart war schneller. Er nahm es, schmiss es in den Aufzug und drückte den Knopf. Ratternd setzte sich die kleine Kabine in Bewegung. Bogart rieb sich zufrieden die Tatzen und drehte sich wieder zu Anselmo um, der noch immer reichlich durcheinander wirkte.

»Komm da runter, Anselmo. Ich weiß jetzt, wo dein Bruder ist.« Bogarts Worte erinnerten Anselmo, warum er eigentlich hier war. Ehe die Treppe reagieren konnte, war er die fünf Stufen hinuntergesprungen.
»Warte doch, ich hab noch mehr Bücher. Schönere. Sie sind alle hier oben«, versuchte ihn die Treppe zurückzuhalten. Vergeblich.
»Hören Sie das, Herr Stehpult?! Der Sessel schnarcht schon wieder. Es ist ungeheuerlich!«
»Sie übertreiben. Außerdem schnarchen Sie doch selbst, wenn Sie schlafen.«
»Tu ich nicht.«
»Tun Sie doch.«
Als Bogart Anselmo auf den Flur zog, hatten das nachsichtige Stehpult und der eingebildete Sekretär wieder zu streiten begonnen. Aber es war noch etwas anderes zu hören: das leise Schluchzen einer sehr enttäuschten, sehr einsamen und sehr hinterhältigen Bibliothekstreppe.

6. Im Flur

WAS DENN FÜR EIN BUCH?
ICH SCHENK DIR EIN NEUES BUCH, WENN WIR HIER RAUS SIND – MEIN NEUESTES: ES HEISST BOGART UND DIE DETEKTIVE!
UND AN SABINE ERINNERST DU DICH WOHL AUCH NICHT MEHR, WAS?

Anselmo wurde rot. Mit dem Verlassen des Zimmers schien der Buchzauber endgültig gebrochen zu sein. Aber an das Mädchen hinter ihm auf dem Zebra konnte er sich sehr wohl noch erinnern. Der Gedanke war ihm angenehm und unangenehm zugleich.
Um Bogart abzulenken, begann er, die Tierköpfe an den Wänden gründlich zu untersuchen.
»Ich glaube, hier oben ist alles normal. Ich glaube überhaupt, das ganze Haus ist normal. Völlig normal«, stellte Anselmo fest.
»Normal? Einen schnarchenden Sessel, streitende Möbel und eine verlogene Treppe nennst du normal?« Bogart konnte es einfach nicht fassen.
»Ich glaube, das war alles nur ein Traum. Genau wie der mit dem Kraken heute Nacht.«
»Ein Traum?! Du meinst das Untier, das mich beinahe erwürgt und dann über die Klippe geworfen hat?«
»Klar. Marco hat hier bestimmt nur einen alten Freund getroffen und sich verquatscht. Pass auf, gleich kommt er um die Ecke und nimmt uns mit nach Hause.« Anselmos Stimme klang nicht so, als ob er wirklich glauben würde, was er da sagte. Sie klang eher so, als ob er es nur sagen würde, um möglichst schnell aus diesem verrückten Haus verschwinden zu können. Um zu beweisen, dass wirklich alles normal war, nahm er eine ausgestopfte Eule von der Wand und drückte sie Bogart in die Hand.
»Siehst du! Nur eine ausgestopfte Eule. Sonst nichts.«

Bogart nahm die Eule und betrachtete sie neugierig von allen Seiten. Tatsächlich war nichts Verdächtiges zu erkennen. Außer vielleicht, dass ihre Federn leicht zitterten.

Jetzt bewegten sie sich schon etwas mehr, und auch Bogart spürte, dass der Boden unter seinen empfindlichen Katzenpfoten immer heftiger zu vibrieren begann. Anselmo schien davon nichts zu bemerken. Er hatte einen riesigen Tigerschädel von der Wand genommen.

»Und dein großer Verwandter hier ist auch normal. Normaler geht es gar nicht.« Anselmo hielt Bogart den gestreiften Tigerkopf hin, der plötzlich vom grellen Licht eines Scheinwerfers erfasst wurde.

Bogart sah die Lokomotive als Erster. Er riss die Tür zu einer kleinen Kammer auf und stieß seinen Freund hinein. Keine Sekunde zu spät. Über den Flur rumpelte eine schwarze Dampflokomotive mit zwölf mahlenden Eisenrädern, einem rußigen Kohletender und acht rot-weiß gestreiften Abteilwagen, aus denen eine Gruppe gähnender Hyänen Bogart und Anselmo gelangweilt anglotzten. Anselmo knallte die Tür zu. Von draußen war nur noch das Rattern des Zuges zu hören. Er und Bogart waren in einem Abstellraum für Putzsachen gelandet, und zumindest hier sah tatsächlich alles ziemlich normal aus.

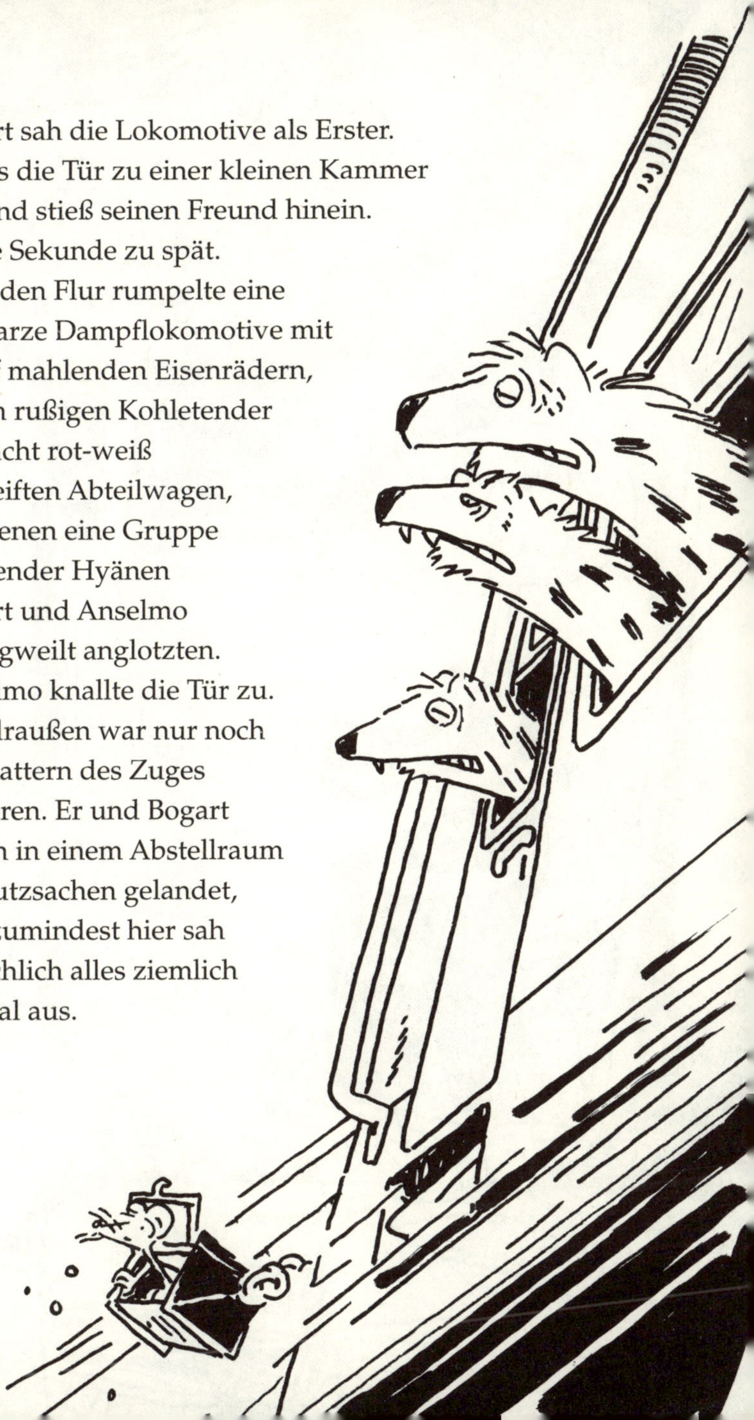

ALLES NORMAL – NORMALER GEHT'S NICHT, ODER WAS? ICH WETTE, DER WISCHMOPP DA IST IN WIRKLICHKEIT EINE MÖWE ...
UND WAS SOLLEN WIR JETZT TUN?
DER SESSEL HAT GESAGT, WIR SOLLEN DEM TOTENKOPF FOLGEN. ER SOLL GANZ NAHE SEIN.

»Ein Totenkopf? Das klingt ja sehr beruhigend.«
»Es ist unser einziger Hinweis.«
»Vielleicht wartet Marco ja schon unten im Wagen. Sollen wir nicht doch mal gucken gehen?«, bemerkte Anselmo zaghaft.
»Hast du etwa Angst?«, fragte Bogart.
Anselmo schwieg einen Moment.
»Natürlich habe ich Angst, du nicht?«
»Angst? Wovor?«
Tapfer steckte Bogart seine Nase hinaus. Draußen lag der Flur still und dunkel vor ihnen. Anselmo und Bogart schlichen vorsichtig aus der Kammer und schlossen die Tür hinter sich.

»Was die zwei wohl hier wollten?«, fragte der Wischmopp neugierig. »Lass uns nachsehen«, schlug der Eimer vor und spähte nach draußen. Im Zwielicht des Flurs sah er Anselmo und Bogart, die direkt gegenüber vor einer Eisentür standen, auf die jemand einen roten Totenkopf gepinselt hatte. Die Tür besaß keine Klinke, dafür aber war ein Knopf in der Wand daneben. Auch den zierte das Bild eines Totenkopfes.

»Müssen wir da wirklich rein?« Anselmo hoffte, dass Bogart Nein sagen würde. Tat er aber nicht. Im Gegenteil: »Bei den Kannibalen gilt so was als Einladung.«
»Ja, zum Mittagessen. Und das bringt man dann gleich selber mit.«
Bevor Bogart antworten konnte, spürte er, dass der Dielenboden wieder zu zittern begann. Diesmal bemerkte es sogar Anselmo.
»Los, schnell!« Anselmo drückte den Knopf mit dem Totenkopf, und die Tür öffnete sich geräuschlos.
Anselmo stolperte mit Bogart hinein,
als auch schon eine rot-silberne Diesellok
mit 15 Schlafwagen den Flur entlangraste.
Diesmal aus der anderen Richtung.

7. Beim Professor

ATLAS
STERNENKUNDE

Bogart, der sich seine empfindliche Nase zuhielt, hatte recht. Es roch tatsächlich nach Schwefel und einigem mehr, von dem Anselmo lieber nicht wissen wollte, was es war. Überall standen Glaskolben, durchsichtige Kristallzylinder und schlanke Reagenzgläser herum. Darin brodelten, gluckerten, pufften, zischten und schäumten bunte Flüssigkeiten.
Fassungslos starrte Anselmo eine knubbelige blaue Rakete an, die auf vier dünnen Füßen in der Mitte des fensterlosen Labors parkte. Eine klapprige Eisenleiter führte hinauf zu einer Luke. Die Antennenspitze oben war etwas verbogen, und auch sonst machte die Rakete keinen sonderlich soliden Eindruck. Ihr kurzer eiförmiger Rumpf hatte zahlreiche Beulen und war an vielen Stellen mit platt gewalzten Blechdosen, Heftpflastern und Gummibändern geflickt.
»So eine Rakete habe ich noch nie gesehen, obwohl ich selber schon mal zum Mond geflogen bin. Aber so etwas, never ever«, musste selbst Bogart zugeben.
Doch das war nicht die einzige Überraschung, die sie in dem Labor erwartete. Die Wand hinter der Rakete bestand aus einer riesigen Glasscheibe. Dahinter lag ein Aquarium, in dem ein großer blauer Wal herumpaddelte. Aus seiner Stirn war ihm eine Laterne gewachsen, die das Wasser rötlich beleuchtete.
Erst jetzt entdeckte Anselmo einen kleinen Mann mit wirren Haaren und einer dicken Brille, der in einem dreckigen weißen Kittel zwischen all den Geräten

herumhuschte. Nun hatte er sie auch gesehen und kam auf sie zugestürzt. Anselmo und Bogart wichen drei Schritte zurück. Vergeblich.

Der Professor zog Anselmo am Arm zu dem Aquarium. Bogart blieb zurück. Er war auf dem Boden über ein Himbeersahnetörtchen gestolpert, das er mit einem Happs verschlang. Ein paar Schritte weiter lag noch eines und dahinter wieder eines. Die Himbeersahnetörtchen-Spur führte die Leiter hoch bis hinein in die Rakete.
»Bogart! Lass das liegen«, zischte Anselmo, doch der Kater tat, als hörte er ihn nicht, und schmatzte ungerührt weiter.

»Gönnen Sie Ihrem kleinen Freund doch die Freude. Sehen Sie lieber hier: mein ganzer Stolz.« Mit feuchten Augen zeigte der Professor auf den Wal. »Habe ihn selbst gezüchtet. Eine Kreuzung aus einem Wal und einem Laternenfisch. Auf seiner langen Reise mit der Rakete zum Mars ist das unsagbar praktisch, müssen Sie wissen. Der Wal ist so fett, dass er auf der Fahrt nichts zu fressen braucht, und mit der Laterne kann er sich im dunklen Weltall selbst den Weg leuchten. Ich kann die Rakete sogar komplett unter Wasser setzen, damit er es da oben auch schön nass und gemütlich hat. Genial, nicht wahr?«

»Sehr schön, wirklich sehr schön.« Anselmo hörte nur mit halbem Ohr zu. Er wollte Bogart nicht aus den Augen lassen. Der Kater war bereits auf der Leiter angekommen und stopfte dort ein weiteres Sahnetörtchen in sich hinein.

Bogart verschlang ein weiteres Törtchen und leckte sich die sahneverschmierten Schnurrbarthaare ab.
»Nur leider, welch ein Unglück, will der Wal kein Astronaut werden. Er weigert sich einzusteigen«, klagte Peppelin. »Dabei sind die Weiten des Alls und die Tiefen der Ozeane gar nicht so verschieden. Beide ähnlich geheimnisvoll und unerforscht.« Der Professor zog Anselmo näher an die Glasscheibe des Aquariums heran.
Der Wal und Anselmo standen nun Auge in Auge. Die Rakete spiegelte sich im Glas. Anselmo konnte sehen, wie Bogart auf der Suche nach noch mehr Törtchen in der dunklen Luke der Rakete verschwand.

Auch der Professor hatte im Spiegel der Aquariumscheibe alles ganz genau beobachtet.

»Hurra!« Peppelin lachte irre und drehte sich vor Freude dreimal im Kreis. Dann stürzte er sich auf einen verrosteten Hebel, der in der Wand neben dem Aquarium eingelassen war. Anselmo ahnte, was passieren würde.

Er rannte dem Professor hinterher. Doch er kam zu spät.

Der Professor hatte sich mit seinem ganzen Gewicht an den Hebel gehängt, der sich knirschend nach unten bewegte. Die Kabinentür der Rakete schloss sich mit einem lauten Knall, und aus einem Lautsprecher begann eine metallische Stimme zu zählen: »10 … 9 … 8 … 7 … 6 … 5 … «

»Bogart!!!«, schrie Anselmo und versuchte, den Hebel wieder zurück in die Ausgangsposition zu bringen. Vergeblich. Der verrückte Professor war stärker als er.

»4 … 3 … 2 … 1 … 0.« Der Laborboden zitterte, als die Rakete mit ohrenbetäubendem Lärm abhob.

..10...9...8..

Klirrend fielen die Glaskolben, Kristallzylinder und Reagenzgläser von den Tischen und zersplitterten auf den Dielen. Anselmo musste sich die Ohren zuhalten, so laut war es. Die Rakete drehte noch eine kleine Runde in dem Labor, dann zündete sie mit einer donnernden Explosion die zweite Antriebsstufe. Aus ihrem Rumpf schossen unzählige kleine Feuerflammen, die die Scheibe des Aquariums erbeben ließen. Erst nur ganz leicht, dann immer heftiger. Als die Rakete schließlich durch ein Loch in der Decke verschwand, zersprang das Glas in tausend Scherben. Glucksend ergossen sich die Wassermassen in das Labor.

Der Professor klammerte sich an ein gelbes Gummitier. Anselmo hatte es besser. Er konnte schwimmen. Das musste er auch, denn der befreite Laternen-Wal war direkt hinter ihm. Der Wal sah hungrig aus, und der Wasserspiegel stieg stetig.

8. Die Trennung

Bogart verstummte. Es machte einfach keinen Spaß, wenn niemand zuhörte. Egal, bald wäre er sowieso wieder zurück. Bei Anselmo.

Mit einem schnellen Blick hatte Bogart in der Rakete die Instrumente kontrolliert. Es waren nicht allzu viele Knöpfe und Hebel, die er im Blick behalten musste. Den Steuerknüppel fest zwischen beide Beine geklemmt, jagte er die Rakete kerzengerade in den sternklaren Himmel. Der Kater hatte ausgerechnet, dass der Treibstoff genau in drei Stunden, 25 Minuten und 13 Sekunden verbraucht sein würde. Dann brauchte er nur zu wenden, sich von der Erdanziehungskraft anziehen zu lassen und sanft in der Großen Friedhofsgasse 666 zu landen. Null Problemo.

»Null Problemo«, tröstete sich auch Anselmo, der noch immer durch das geflutete Labor paddelte. »Ich muss nur schneller sein als der Wal, dann kann mir gar nichts passieren.« Anselmo zitterte trotzdem vor Angst, schob es aber auf das kalte Wasser, das mittlerweile schon fast bis unter die Decke stand. Anselmo kraulte. So schnell er konnte. Trotzdem kam der Wal näher. Er musste etwas unternehmen. Dringend. Bogart wäre jetzt bestimmt etwas eingefallen. Aber Bogart war weg. Weit, weit weg. Anselmo holte tief Luft und tauchte ab. Irgendwo da unten musste die Tür sein. Und wo die Tür war, war auch der Ausgang. Doch je tiefer er tauchte, desto dunkler wurde es um ihn herum. In der Finsternis war es unmöglich, die Tür, geschweige denn die Klinke zu finden.

Plötzlich aber wurde es heller. Der Wal war ihm gefolgt und tauchte das versunkene Labor mit seiner Laterne in rotes Licht. Jetzt konnte Anselmo die Tür deutlich vor sich sehen. Er suchte die Klinke. Aber da war keine, und einen Knopf konnte er auch nirgends entdecken. Anselmo ging langsam die Luft aus. Außerdem spürte er schon die Luftblasen, die aus dem großen Walmaul sprudelten. Sie kitzelten Anselmo am Nacken. Er war sich sicher, dass seine letzte Stunde gekommen war. Schicksalsergeben schloss er die Augen und wartete darauf, mit einem Happs verschlungen zu werden. Doch nichts geschah. Als er vorsichtig blinzelte, sah er, dass der Wal einfach an ihm vorbeigeschwommen war und mit seiner Schnauze einen Knopf betätigte, der hinter einem Bücherbord versteckt war. Die Tür glitt zur Seite, und das Wasser drängte sprudelnd nach draußen. Der Strom erfasste Anselmo und schwemmte ihn durch die Tür hinaus auf den Flur.

Anselmo sah, wie der Professor mit seinem gelben Gummitier und einer kleinen Bimmelbahn, die unglücklicherweise gerade über den Flur ratterte, die Treppe hinuntergespült wurde. Der reißende Strom versiegte erst, als sich der Laternen-Wal in der engen Tür verkeilte und das restliche Wasser hinter sich im Labor zurückstaute.

Anselmo rappelte sich auf und ging zu dem Wal hinüber, der im Türrahmen gefangen saß. Im Trockenen sah er gar nicht mehr so gefährlich aus. Eigentlich sogar ganz freundlich.

Bogart ahnte von alldem nichts. Er saß zufrieden im Cockpit der Rakete und betrachtete neugierig einen großen, roten Schalter, der ihn verführerisch anblinkte.

Anselmo hatte inzwischen begonnen, sich mit dem Wal zu unterhalten.
»Und weil ich mich geweigert habe, den Weltraumhelden zu spielen, brauchte der Professor unbedingt einen anderen Freiwilligen. Der Pizzabote wollte ja auch nicht zum Mars fliegen. Da kam dein gieriger Kater gerade recht«, plauderte der Laternen-Wal, der noch immer im Türrahmen festsaß.
Anselmo hatte dem Wal gar nicht zugehört. Seine Gedanken waren bei Bogart. Erst bei dem Wort Pizza horchte er auf.
»Hast du den Boten gesehen? Wo ist er hin?«
Der Wal machte ein trauriges Gesicht: »Oh, das tut mir leid. Er ist nach oben. Zu denen, die ganz oben wohnen.«
»Aber wer sind denn die, die ganz oben wohnen?«

»Die ganz oben wohnen, sollte man besser in Ruhe lassen. Sieh selber nach, wenn du dich traust, du musst nur die Treppe rauf. Mich kriegen hier keine zehn Flusspferde mehr weg.«

»Kann ich dir irgendwie helfen?«, fragte Anselmo höflich.

»Danke nein, sehr freundlich, aber hier ist es viel besser als in dem langweiligen Aquarium. Ich bin Eisenbahnfan, und gleich müsste der Orientexpress kommen, wenn er nicht wieder Verspätung hat.«

Man konnte hören, wie der Wal hinter sich zufrieden mit seiner Schwanzflosse herumplanschte. Seine Laterne tauchte den düsteren Flur in ein warmes rotes Licht. Am liebsten wäre Anselmo geblieben, aber am Ende des Gangs wartete die Treppe auf ihn. Bogart konnte er nicht helfen, der musste sich selber helfen. Aber sein Bruder war irgendwo da oben. Und dem konnte er helfen. Musste es sogar. Wer sonst? Anselmo ging auf die Treppe zu. Er hatte Mut gefasst, oder besser: Der Mut hatte ihn gefasst.

»Halt! Hier geblieben, junger Freund. Erst mal wird der Flur trocken gewischt. Sonst gibt es hier noch ein Zugunglück«, rief ihn der Wal zurück.
»Wie bitte?«
»Erst alles nass machen und dann verschwinden. So geht das nicht. Also, wenn ich bitten darf«, der Wal zeigte auf den Mopp, der gerade unauffällig versuchte, in der Putzkammer zu verschwinden.

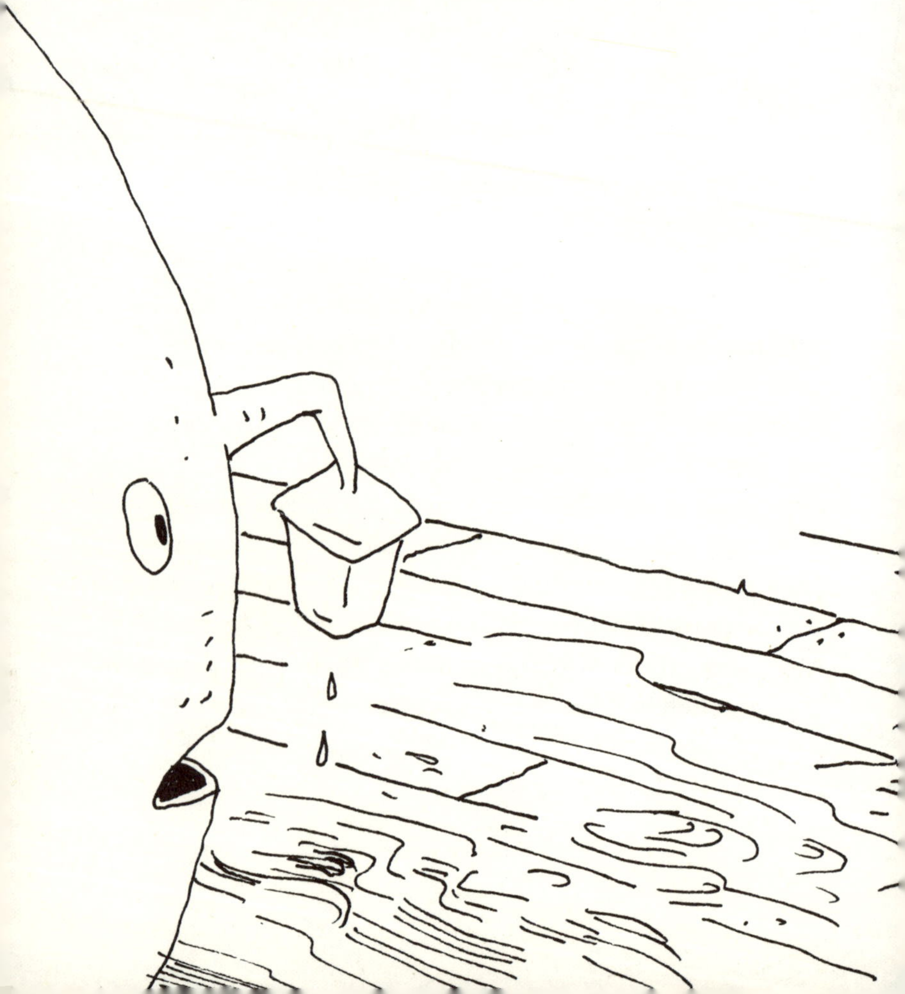

»Muss das sein?«, versuchte Anselmo zu widersprechen.
»Das muss sein. Und beeil dich, der Orientexpress kommt in … «, der Wal schielte nach der Uhr des Wischmopps, »… genau zehn Minuten. Also schnapp dir den Mopp da und fang an!«

SCHMERZT DEIN HERZ VOR LIEBE SEHR, LOCKE SIE MIT CAMEMBERT. WILL SIE DANN VON DIR NICHTS WISSEN, BEWERFE SIE MIT DAUNENKISSEN. BLEIBT SIE DANACH WEITER STUR, SCHENK IHR EINE KUCKUCKSUHR.
KOMMT SIE DANN ENDLICH ANGERANNT, SPAZIER MIT IHR AM OSTSEESTRAND! UND LEBST DU NICHT AM MEERESRAND, TUT'S AUCH 'NE TÜTE VOGELSAND.
PLOING
PLOING

Es ging noch einige Strophen so weiter. Besser wurde es nicht. Eher schlimmer. Anselmo kümmerte sich nicht um das Gejaule und packte den Mopp an seinen Fransen. Keine zwei Stunden zuvor wäre Anselmo aus Angst laut schreiend aus dem Fenster gesprungen. Jetzt aber konnte ihn selbst ein unmusikalischer Wischmopp nicht mehr erschrecken.
Als Anselmo mit dem Aufwischen fertig war, stellte er den Wischmopp und den Eimer in die Besenkammer zurück und schritt tapfer auf die Treppe zu. In seinem Kopf tönte noch das Mopp-Lied. Es war ein richtiger Ohrwurm, einer von der schlimmen Sorte, der so schlecht war, dass man ihn einfach nicht loswurde.
»Geh und hab Mut«, rief ihm der Wal nach, bevor er seine Laterne löschte, um in der Dämmerung auf den Orientexpress zu warten.

9. Die Treppe

Die Stufen waren aus dem gleichen dunklen Holz wie das Geländer, dessen Pfosten mit schrecklichen Fratzen verziert war. Die geschnitzten Monster, Trolle und Drachen starrten Anselmo spöttisch aus großen Glupschaugen an. Ihm wäre es lieber gewesen, Bogart neben sich zu haben, der ihm versichert hätte, dass er schon Schlimmeres erlebt hatte. Aber Bogart war nicht da. Das hier musste er alleine schaffen.

Zu Anselmos Verwunderung passierte gar nichts.

»Geradezu verdächtig unverdächtig«, murmelte Anselmo besorgt, während er die nächste Stufe erklomm. Links an der Wand hing ein gerahmtes Schwarz-Weiß-Foto. Ein ganz gewöhnliches Familienbild, seltsam war nur, dass es Anselmo nicht von der Seite wich, während er weiter die Treppe hinaufstieg. Entweder wanderte das Foto an der Wand neben ihm die Stufen hoch, oder aber er trat auf der Stelle. Anselmo sah auf seine Füße. Erst jetzt bemerkte er, dass er auf einer hölzernen Rolltreppe stand, die nach unten fuhr. Anselmo ging schneller. Die Treppe auch. Anselmo begann zu laufen. Ebenso die Treppe. Er kam einfach nicht vom Fleck. Neben seinem atemlosen Keuchen konnte Anselmo noch etwas anderes hören. Ein Kichern. Irgendwer schien sich über seine sinnlosen Bemühungen köstlich zu amüsieren.

Anselmo blickte neugierig um sich und entdeckte hinter dem Geländer einen giggelnden Goldhamster. Auf dem Kopf trug er eine Art Krone aus silbernem

Kaugummipapier. Anselmo tat, als hätte er ihn nicht bemerkt. Als sich der Hamster für einen kurzen Moment umdrehte, griff Anselmo zu.

»Hey, lass mich. Lass mich sofort los, du Sackschlapp«, schimpfte der Hamster.

»Ich denk ja gar nicht dran. Außerdem heißt es Schlappsack, nicht Sackschlapp.«

Statt einer Antwort biss ihn der Hamster in den Finger.

Anselmo stolperte, weil die Rolltreppe mit einem Mal zum Stehen gekommen war. Ein paar Stufen vor ihm öffnete sich eine Klappe, aus der eine Horde Hamster herausgeklettert kam. Durch die Luke konnte Anselmo unter der Treppe eine Reihe von riesigen hölzernen Zahn- und Laufrädern und noch mehr Hamster erkennen. Draußen drängelten sich jetzt schon so viele von ihnen, dass die ersten auf die Stufe darunter purzelten.

»Lass unseren König frei, sonst machen wir dich platt!«, riefen die Goldhamster erbost.

»Hast du gehört, du Sackschlapp, gib mich sofort frei, sonst bist du platt!«, drohte auch der Hamsterkönig und biss Anselmo noch einmal. Diesmal in den Daumen.

»Aua! Kommt gar nicht infrage. Erst wenn ich oben bin.«

Die anderen Hamster begannen aufgeregt miteinander zu tuscheln. Lange. Endlich trat einer von ihnen vor.

Anselmo konnte sich kaum vorstellen, dass die Hamster etwas wissen konnten, was er nicht wusste. Sie konnten ja nicht mal richtig fluchen. Anselmo dagegen war gut in der Schule.

»Abgemacht«, willigte er ein.

»Dann pass gut auf, die erste Frage lautet: Was ist blau und geht genau?«

Damit hatte Anselmo nicht gerechnet. »Wie heißt die Hauptstadt von Frankreich?« Das hätte er gewusst, aber doch nicht solch einen Unsinn. Anselmo hatte nicht die geringste Ahnung. Er musste raten: »Eine Pflaumenuhr?«

Die Hamster schüttelten sich vor Lachen. »Falsch. Camembert ist die richtige Antwort. Eine Stufe zurück, du Sackschlapp.«

»Aber das macht doch gar keinen Sinn«, protestierte Anselmo. Er verstand überhaupt nichts mehr.

»Von Sinn war nie die Rede. Nur von Fragen und Antworten«, wies ihn der Fragesteller zurecht. »Nächste Frage: Was riecht nicht gut und ist kein Hut?«

»Eine Zwiebel?«, antwortete Anselmo unsicher. Die Hamster johlten.
»Falsch. Ein Daunenkissen ist die richtige Antwort, das weiß doch jeder. Einen Schritt zurücktreten bitte. Was ist sieben und gerieben?«
Anselmo gab die nächste Stufe freiwillig preis. Bei diesen Fragen hatte er sowieso keine Chance. Jetzt stand er schon auf der letzten Treppenstufe.
»Eine Kuckucksuhr. Und hier kommt die nächste und letzte Frage: Was ist krumm und furchtbar dumm?«, sangen nun alle Hamster im Chor. Auch ihr Chef stimmte vergnügt mit ein.
Camembert, Daunenkissen, Kuckucksuhr: Was waren das nur für bescheuerte Antworten auf noch viel bescheuertere Fragen. Plötzlich fiel es Anselmo ein. Was hatte der Mopp gesungen: »... locke sie mit Camembert ...«, und dann weiter: »... bewerfe sie mit Daunenkissen ...«, und danach irgendwas von einer Kuckucksuhr. Anselmo hatte nichts zu verlieren. Einen Versuch war es wert. »Ostseestrand?«
Keiner der Hamster lachte.

Ihr Wort- und Fragenführer war entsetzt ein paar Schritte zurückgewichen, Anselmo dagegen eine Stufe nach oben gestiegen.

»Glück, das war reines Glück, du Sackschlapp«, schimpfte der Hamster. »Nächste Frage: Was ist luftig und duftig?«

»Meeresrand!« Anselmos Antwort versetzte die Hamster in noch größere Bestürzung. Er hatte den Code geknackt. Dank des Wischmoppliedes war es ein Leichtes, die restlichen Fragen zu beantworten. Murrend gaben die Hamster Stufe um Stufe preis. Anselmo stieg immer höher, bis er endlich im oberen Flur stand. Wie versprochen, setzte er den Hamsterkönig auf dem Boden ab.

»Komm ja nicht wieder und glaub bloß nicht, dass ich vor dir Angst hatte, du Sackschlapp«, schimpfte der Hamster, rückte seine Krone zurecht und sah schnell zu, dass er sich zu seinen Hamsterkumpanen flüchtete.

»Es heißt Schlappsack, nicht Sackschlapp«, rief Anselmo ihm nach, froh, den bissigen Kerl los zu sein.
»Uns doch egal, bääääähhh!« Die Hamster streckten ihm die Zunge heraus und verschwanden schnell durch die Klappe in der Treppe.
Anselmo stand wieder allein auf einem Flur. Zwei Türen gingen davon ab. Hinter welcher mochte Marco stecken? Wenn nur Bogart da wäre. Auf seinen Plüschkatzen-Instinkt hatte sich Anselmo immer verlassen können. Na ja, fast immer.

10. Ruhe

ICH WÜRDE DIE LINKE FÜR NEHMEN.
SO EIN QUATSCH, DU WASCHLAPPEN. DIE LINKE FÜHRT DIREKT INS VERDERBEN!
GLAUBST DU, DU ZINKLOCH! DIE RECHTE BRINGT UNGLÜCK – ER MUSS DIE LINKE NEHMEN!
WELCHE DENN NUN?
LINKS!
NA, RECHTS NATÜRLICH!

Anselmo war so klug wie zuvor. Aber immerhin hatte er dem Lied des Mopps die Lösung für die Treppenfragen zu verdanken.
»Ich nehme die linke«, entschied Anselmo.
»Sehr gute Wahl«, strahlte der Wischmopp triumphierend den eingeschnappten Eimer an.
Anselmo öffnete vorsichtig die Tür und spähte durch den schmalen Spalt hinein. Auf dem Boden und in den bunt bekrakelten Regalen lag überall Spielzeug verstreut. Erst auf den zweiten Blick sah er, dass alles kaputt war. Bei dem fürchterlichen Durcheinander war kaum zu erkennen, wo das Zimmer endete. Vielleicht lag Marco verschüttet unter dem umgestürzten Kasperletheater?
Vorsichtig wagte er sich ein paar Schritte in das Zimmer hinein, vorbei an verschmorten Plastiksoldaten, zerbeultem Blechspielzeug und einem einrädrigen Roller mit einem zerbrochenen Lenker.
Direkt vor Anselmo lag ein Teddy auf dem Boden. Er hob ihn auf. Dem Bären fehlten ein Arm und beide Beine, und anstelle von Augen besaß er nur zwei tiefe schwarze Brandlöcher. Anselmo wollte ihn gerade in ein Regal neben eine kahl rasierte Puppe legen, als er hinter sich eine Stimme hörte.
»Da bist du ja endlich.«
Anselmo drehte sich um. Das Letzte, was er sah, war ein dicker brauner Sandsack, der mit Karacho auf ihn zuschwang. Dann war alles dunkel und still.

In der Rakete regneten die Sprinkleranlagen noch immer auf Bogart herab. Er sah aus wie ein begossener Pudel, auch wenn der Kater den Vergleich gar nicht mochte. Das Wasser reichte ihm jetzt schon bis zur Brust. Immerhin wurde die Rakete jetzt langsamer, deutlich langsamer. Der Treibstoff war fast aufgebraucht. Lautlos glitt sie durch das All in Richtung Mars. Auf diesen Moment hatte Bogart gewartet.

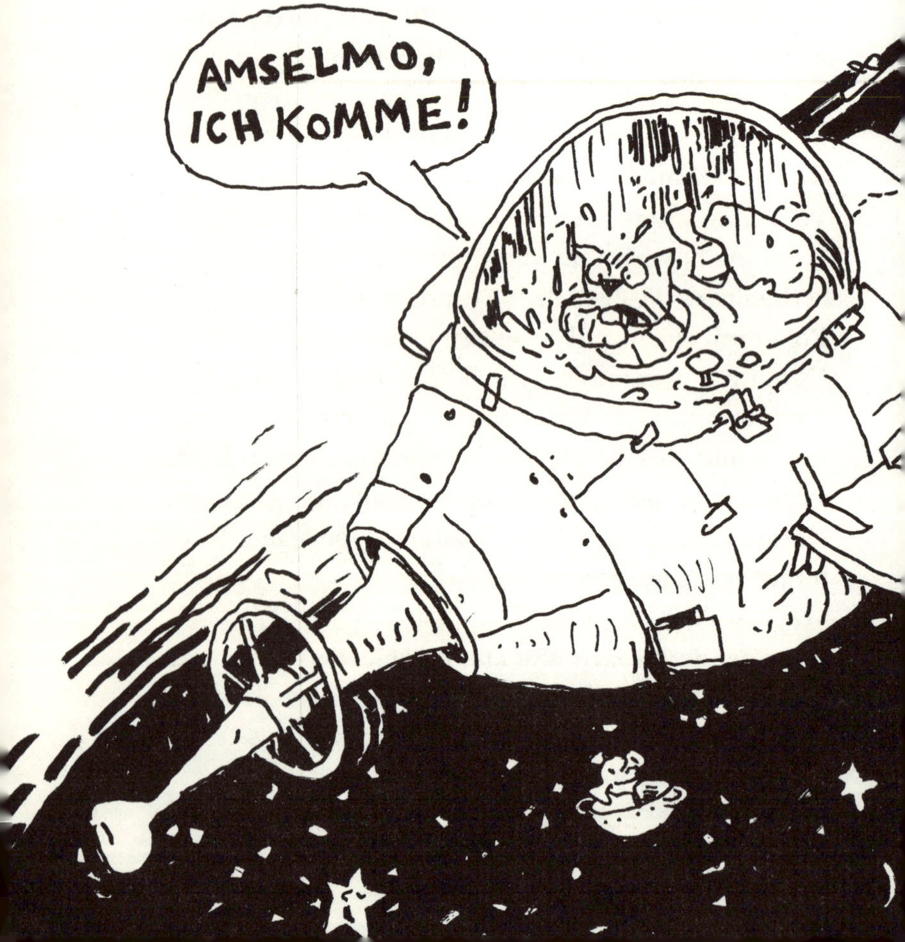

Bogart riss den Steuerknüppel herum. Vor ihm tauchte endlich wieder die gute alte Erde auf. Er spürte, wie die Rakete langsam an Fahrt gewann. Die Erdanziehung hatte ihn wieder fest im Griff. Alles, was er jetzt noch machen musste, war, für den Notfall in der Kabine nach einem Fallschirm zu suchen. In zwei Hängeschränken fand er einen Büchsenöffner, zwei Paar Gummistiefel und ein gutes Dutzend schwarzer Regenschirme. Bogart öffnete einen von ihnen. Wenigstens hielt der ihm den Regen von der Kabinendecke vom Leib.

Anselmo wusste nicht, wie lange er geschlafen hatte. Auf jeden Fall zu kurz, denn er war immer noch schrecklich müde. Er lag auf dem Boden, sein Kopf tat ihm weh, und er konnte seinen Arm nicht heben. Als er versuchte, seinen Kopf zu drehen, spürte er, dass auch das unmöglich war. Es fühlte sich an, als wäre er mit unzähligen Bändern an den Boden gefesselt. Eine Spieluhr, der es an einigen wichtigen Tönen fehlte, dudelte direkt neben seinem linken Ohr »Der Mond ist aufgegangen«. Ausgerechnet links. Die linke Tür war also doch die falsche gewesen. Außer der Melodie konnte Anselmo dünne Stimmchen wispern hören. Verstehen konnte er sie nicht. Dafür spürte er irgendetwas auf seinem Körper herumspazieren. Es fühlte sich an wie eine Ameisenkarawane, die von einem riesigen Nashornkäfer angeführt wurde. Aus

den Augenwinkeln konnte er den Käfer erkennen. Es war ein bunter Blechclown auf einem Dreirad, der auf Anselmos Brust herumradelte und mit seiner piepsigen Stimme Befehle erteilte. An wen, konnte Anselmo nicht sehen, aber er spürte, dass sich noch mehr Bänder um seine Arme und Beine schlossen. Ihm war es egal. Sollten sie ihn fesseln. Er war viel zu müde, um sich zu wehren. Eigentlich war es sogar ganz angenehm, hier einfach so zu liegen und für nichts mehr verantwortlich zu sein. Nicht für seinen Bruder, nicht für Bogart, nicht mal für sich selbst.

Anselmo schloss die Augen und murmelte: »Sollen sich andere darum kümmern. Größere und Stärkere als ich.«

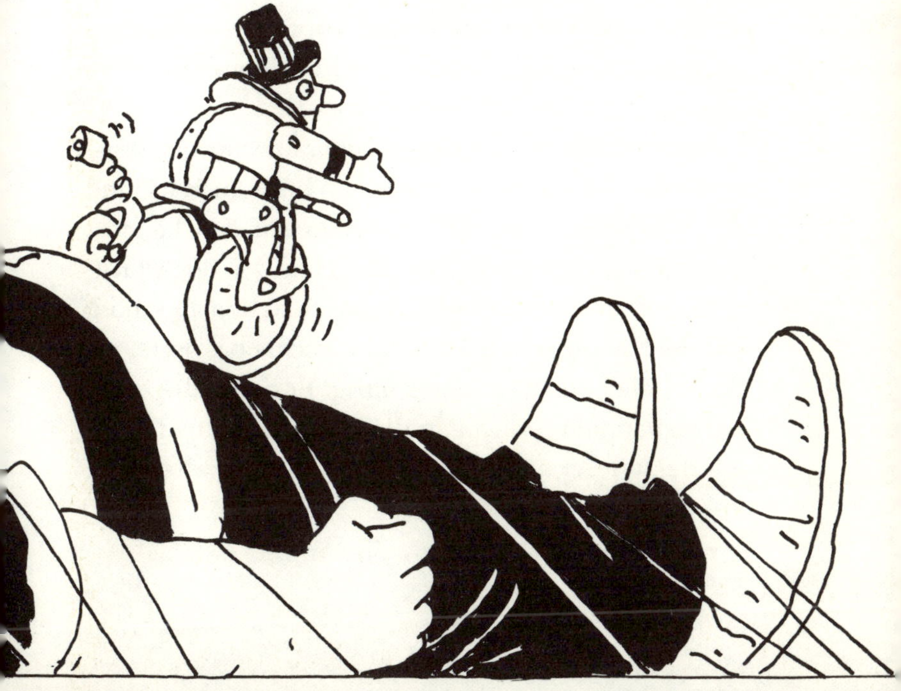

11. Wiedersehen

In seiner Rakete stürzte Bogart kopfüber auf Europa zu. Jetzt konnte er schon den Rhein erkennen und ihre Stadt und die Große Friedhofsgasse 666.

Es wurde höchste Zeit, dass er hier rauskam. Das Wasser in der Kabine stand ihm schon bis zum Hals, und die Rakete raste mit Höllentempo auf den kleinen, bunten Swimmingpool vor dem Haus zu. Bogart rüttelte an dem Steuerknüppel. Keine Reaktion. Er schlug auf die Knöpfe und Schalter ein. Nichts passierte.

Bogart blieb nichts anderes übrig: Er nahm die zwölf aufgespannten Schirme in die Hand, drückte den In-allerletzter-Sekunde-Notrettungsknopf und sprang aus der Rakete.

Anselmo wäre am liebsten ewig so auf dem Boden liegen geblieben. Ohne Verantwortung, ohne Auftrag, ohne Bestimmung. Aus den Augenwinkeln sah er ein Fenster. Draußen war es immer noch Nacht. Oder schon wieder? Anselmo war es egal. Durch das Fenster konnte er Sternschnuppen beobachten, die am Himmel ihre helle Spur zogen, bevor sie für immer erloschen. Nur eine der Schnuppen sah irgendwie seltsam aus. Klitschnass, getigert und mit einem Dutzend Regenschirmen in der Hand landete sie genau auf dem Fensterbrett.

»Bogart!« Anselmo konnte es nicht fassen. Sein geliebter Kater war wieder da und kratzte an der Scheibe.

Anselmos Müdigkeit war mit einem Mal wie weggeblasen. Bogart lebte! Die dünnen Schnüre, die ihn an den Boden gefesselt hatten, konnten ihn jetzt nicht mehr aufhalten. Solange er mut- und kraftlos gewesen war, waren sie ihm wie armdicke Taue erschienen. Jetzt aber waren sie das, was sie wirklich waren: Bindfäden, die mühelos zerrissen, als sich Anselmo erhob. Er sprang auf und lief zum Fenster. Er bemerkte kaum, wie sich eine Armee von verkrüppelten Plastiksoldaten an dem Blechclown vorbei in die Ruinen einer Ritterburg flüchtete. Verzweifelt versuchte der Clown seine Truppen zu ordnen, doch Anselmo wischte die Letzten, die sich ihm tapfer in den Weg stellten, mit seinem Fuß achtlos zur Seite.

Anselmo strahlte vor Glück, aber auch Bogart sah ziemlich erleichtert aus, seinen Freund endlich wiederzusehen. Der Kater sagte etwas, doch Anselmo konnte ihn nicht verstehen. Die Doppelglasscheibe war zu dick, und das Fenster ließ sich nicht öffnen. Es war hoffnungslos verklemmt. Anselmo lief zum nächsten Fenster und beugte sich vorsichtig hinaus. Bogart kauerte müde und zerschlagen drei oder vier Meter entfernt auf dem schmalen Sims, der die beiden Fenster verband.

»Komm schon rüber, Bogart, na komm schon.«

»Ich kann nicht, Anselmo.«

»Aber wieso denn nicht?«

»Weil Astronauten immer getragen werden, wenn sie aus dem All zurückkehren. Weil sie so erschöpft sind und wegen der Schwerkraft und überhaupt, es gehört sich einfach so«, behauptete Bogart trotzig.

»Auch das noch.« Anselmo sah hinab.
Es ging sieben Meter abwärts. Mindestens.
Ihm wurde schwindelig.
»Du brauchst doch nur den Sims entlangzulaufen. Du bist doch eine Katze, oder?«, versuchte er Bogart zu überreden.
»Aber doch nur eine arme müde Plüschkatze, heimgekehrt aus den unendlichen Weiten des Weltalls. Du musst mich holen.«
Was blieb Anselmo übrig? Er kletterte auf den Sims, der so schmal war, dass er seine Knie kaum nebeneinandersetzen konnte. Auf allen vieren kroch Anselmo vorsichtig zu Bogart hinüber. Er hatte Angst, fürchterliche Angst. Doch die Freude, seinen Kater endlich wiederzuhaben, war größer. Allerdings auch wieder nicht so groß, dass er freiwillig in den Abgrund geblickt hätte.

Als er Bogart endlich erreicht hatte, fielen sich die beiden überglücklich in die Arme. Für einen Moment vergaß sogar Anselmo, dass sie sich in sieben Meter Höhe befanden.

»Wo warst du bloß?«

»Auf dem Mars, wo sonst. Und jetzt trag mich schon rein.«

Wie eine Löwenmutter ihr Junges packte Anselmo den Kater mit den Zähnen am Nacken und krabbelte vorsichtig den Sims wieder zurück zu dem offenen Fenster.

»Hey, klappere gefälligst nicht so mit den Zähnen, du lässt mich noch fallen«, schimpfte Bogart.

»Mmhmdmhhmm«, grummelte Anselmo.

»Was hast du gesagt?«

Der Junge setzte den Kater kurz auf dem Sims ab. »Ich klappere nicht. Außerdem ist es hoch. Sehr hoch.«

»Natürlich klapperst du. Und so hoch ist das auch wieder nicht. Wo ich gerade herkomme, das war hoch, dagegen ist das hier gar nichts. Die reinste Wattwanderung. Und jetzt mach weiter. Aber dalli.«
Bogart war wieder ganz der Alte. Anselmo war froh darüber. Er schnappte sich den Kater und kroch weiter. Zurück im Zimmer, ließen sich beide erschöpft auf den Boden fallen.

12. Verbündete

Die beiden saßen noch immer unter dem Fenster. Der Kater hatte Anselmo gerade erzählt, was ihm während ihrer Trennung alles widerfahren war und noch einiges mehr, von dem Anselmo nicht sicher war, ob er es glauben konnte.

»Und was hast du hier so erlebt?«, fragte Bogart.

»Ich? Nicht viel, aber ich glaube, ich weiß jetzt, wo Marco ist.«

»Wo denn?«

»Im Zimmer nebenan.«

»Das habe ich mir doch gleich gedacht. Schon in der Halle dachte ich mir: Marco kann nur irgendwo ganz oben sein.«

Bogart griff sich ans Ohr, wo ihn eine kleine Papierkugel getroffen hatte.
In der Mitte des Zimmers standen drei zerbeulte Blechspielzeuge: ein blauroter Roboter mit einem Radar auf dem Kopf, ein grüner Soldat in einem Jeep und ein Clown auf seinem Dreirad. Es war derselbe, der Anselmo schon auf der Brust herumgefahren war.
Der Clown schwenkte ein benutztes Papiertaschentuch als weiße Fahne, der Soldat hielt ein Blasrohr in der Hand und der Roboter einen kleinen Messingschlüssel, mit dem er den Soldaten aufzog. Als er fertig war, gab er den Schlüssel an den Soldaten weiter, der das Blasrohr dem Clown reichte, der das Taschentuch an den Roboter übergab. Dann begann der Soldat, den Clown aufzuziehen.
So ging es reihum.
»Wehe, wenn ich euch kriege!« Bogart wollte sich auf den Papierkugel-Schützen stürzen, wusste aber nicht, wer geschossen hatte, da mittlerweile der Clown das Blasrohr in der Hand hielt und von dem Soldaten mit dem Schlüssel aufgezogen wurde.

Anselmo hielt seinen Kater zurück und wandte sich an die drei Unterhändler: »Was wollt ihr?«

»Uns für den Sandsack entschuldigen«, begann der Clown zerknirscht, während er damit beschäftigt war, den Roboter aufzuziehen. »Wir dachten, du bist ein Freund von denen, die hier oben wohnen. Bist du aber nicht. Sonst hättest du die Stoffmiezekatze da …«

»Stoffkater!«, verbesserte Bogart gekränkt.

»Na, jedenfalls hättest du dieses nasse Plüschetwas nicht vom Fensterbrett gerettet, sondern angezündet und dann hinuntergeworfen.«

»Er hat mich nicht gerettet! Ich wurde getragen. Wie alle erfolgreichen Astronauten«, korrigierte Bogart erneut.

»Das haben wir gesehen: zwischen den Zähnen«, mischte sich der Soldat ein und spuckte vor sich auf den Boden.

»Aber wer sind denn die, die hier oben wohnen?«, fragte Anselmo. »Ich muss zu ihnen und meinen Bruder finden.«

Die Farbe der Blechfiguren verblasste. Für einen Moment vergaßen sie sogar, sich gegenseitig aufzuziehen.
»Die Zwillinge wohnen hier oben. Sie waren es auch, die hier alles kurz und klein geschlagen haben«, erklärte der Clown nach einer langen Pause.
»Und warum lasst ihr euch das gefallen, ihr feigen Konservenbüchsen?«, fragte Bogart.
»Weil sie zu zweeeiiiit siiinnnnnnd«, leierte der Roboter gedehnt. Der Soldat schnappte sich den Schlüssel und zog seinen Kameraden auf, damit der weiterreden konnte: »Und irrsinnig stark sind sie auch.«
»Und unglaublich gemein!«, fügte der Clown hinzu.
»Aber ich muss zu ihnen. Ich muss«, beharrte Anselmo.
Vor Schreck ließ der Soldat den Aufziehschlüssel fallen und sagte: »Das ist das reinste Himmelfahrtskommando. War schön, dich kennengelernt zu haben.«
»Viel Glück auch«, wünschte der Roboter.
»Mit unserer Hilfe kannst du jedenfalls nicht rechnen, aber einen Tipp haben wir für dich«, sagte der Clown.
»Genau wie wir drei mit unserem Schlüssel sind auch die Zwillinge aufeinander angewiesen. Nur anders eben.«
Bogarts Barthaare zitterten vor Wut: »Und mehr habt ihr nicht zu sagen, ihr feigen Dosen? Warum kämpft ihr nicht mit uns gegen diese kleinen verzogenen Bälger?«

Die drei Blechmänner schwiegen betreten. Schließlich brach der Clown das Schweigen.
»Sie sind nicht klein. Aber wir werden uns beraten.«

»Das war gut, Bogart, sehr gut sogar«, lobte Anselmo Bogarts Standpauke.
»Das? Das war doch noch gar nichts, als ich damals ...«
»Wir haben uns entschieden«, unterbrach ihn der Clown. »Dein Plüschkater hat recht, es ist besser zu kämpfen, als darauf zu warten, in seine Einzelteile zerlegt zu werden.«
Mit einem Handschlag besiegelten sie ihr Bündnis. Dann verließen sie das Zimmer und gingen an dem Wischmopp und dem Eimer, die am Schlüsselloch gelauscht hatten, vorbei über den Flur.

Vor der letzten Tür zögerte Anselmo einen Augenblick. Er sammelte all seinen Mut, denn er wusste, dort drinnen würde er ihn brauchen. Für einen Moment sehnte er sich nach der Ruhe, die er auf dem Boden liegend empfunden hatte. Mit einer Handbewegung wischte er die Vorstellung beiseite und drückte die Türklinke herunter. Halt! Erst mussten sich die Blechkameraden noch einmal gegenseitig aufziehen. Endlich waren alle bereit. Anselmo öffnete die Tür.

13. Pizza Krawalla

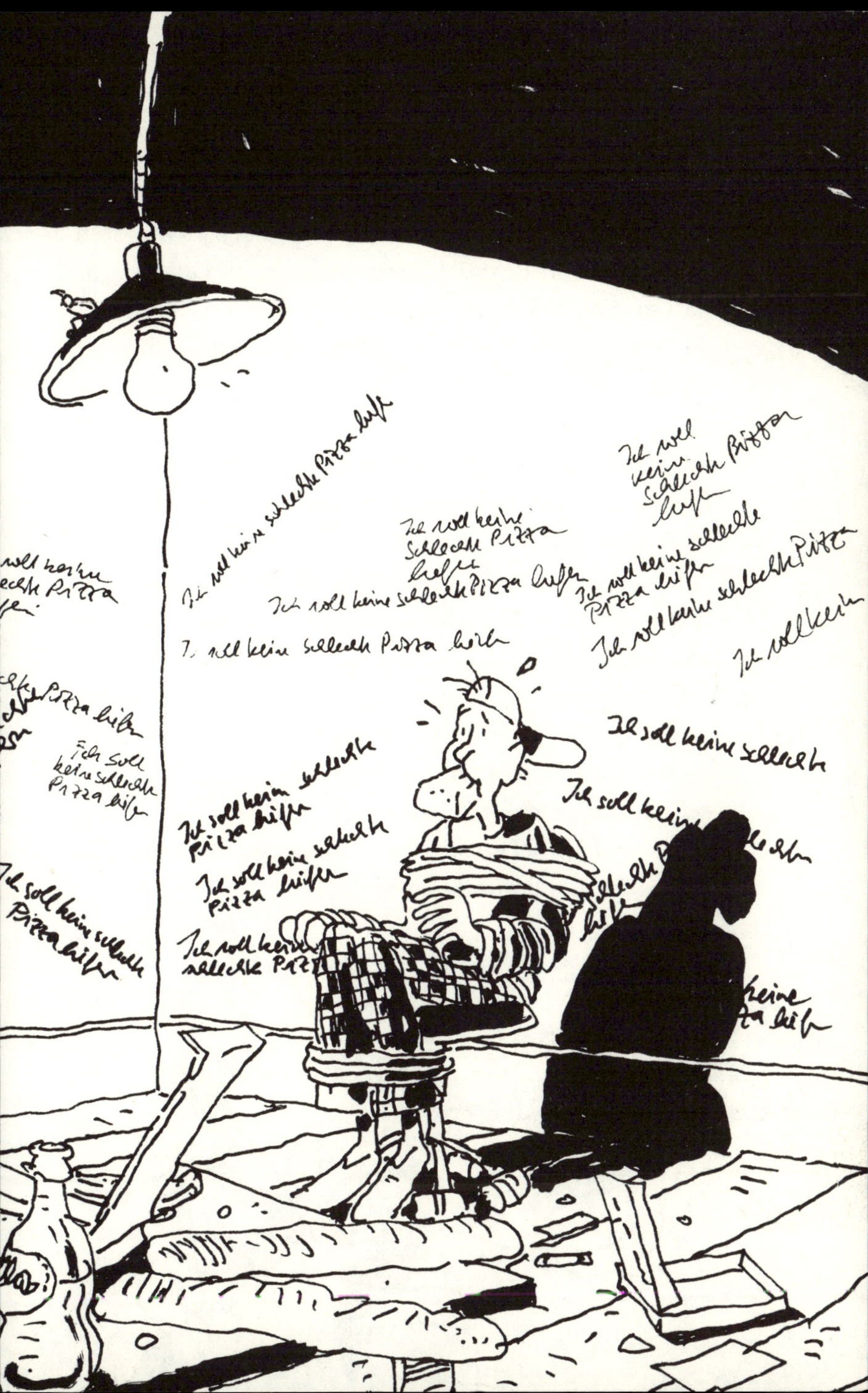
Ich soll keine schlechte Pizza liefern
Ich soll keine schlechte Pizza liefern
Ich soll keine schlechte Pizza liefern

In der hintersten Ecke des Zimmers hatte jemand aus leeren Pizzakartons eine einfache Hütte mit einer Tür und zwei Fenstern zusammengezimmert. Es mussten Hunderte von Pizza-Verpackungen sein. Doch dafür hatten Anselmo und Bogart keine Augen. Sie liefen auf Marco zu und merkten nicht, dass sich die Tür der Hütte öffnete und zwei Jungen herauskrabbelten. Beide trugen die gleichen unförmigen grauen Jogginghosen sowie T-Shirts mit der Aufschrift »Mamas Liebling«. Auch ihre Gesichtszüge waren beim besten Willen nicht zu unterscheiden. Ansonsten aber waren sie völlig verschieden. Der eine war rank und schlank, der andere so dick und fett, dass er sich nur mit Mühe durch die Tür der Hütte quetschen konnte.
Anselmo und Bogart waren viel zu sehr damit beschäftigt, die festen Knoten von Marcos Fesseln zu lösen, um die beiden zu bemerken. Die Zwillinge schnappten sich leise die zwei Baguette-Brote vom Tisch und schlichen sich auf Zehenspitzen von hinten an die beiden Freunde heran.

Mit angehaltenem Atem verfolgten die Blechmänner, die an der Tür stehen geblieben waren, was geschah. Als die Zwillinge Anselmo fast erreicht hatten, schrie der Clown laut

und packte seine Gefährten an der Hand. Gemeinsam warfen sie sich den Zwillingen furchtlos in den Weg. Der Dicke und der Dünne stolperten über die Blechfiguren und legten sich der Länge nach auf die Nase.
Von dem Lärm gewarnt, drehten sich nun endlich auch Anselmo und Bogart um. Sie sahen gerade noch, wie der dicke der beiden Zwillinge dem Roboter den kleinen Messingschlüssel aus der Hand nahm, ihn mit einem fetten Grinsen in den Mund steckte und einfach verschluckte. Der Clown war der Erste, der den Geist aufgab. Kurz danach erstarben auch die Bewegungen der beiden anderen. Der dünne Zwilling gab ihnen einen Tritt, der sie unsanft in eine Zimmerecke beförderte. Weder Anselmo noch Bogart waren fähig, auch nur einen Mucks zu sagen. Anselmo wünschte sich, dass nur ein wenig von dem Mut übrig geblieben wäre, den er noch am Fuß der Treppe in sich gespürt hatte. Da war aber nichts mehr, und auch Bogart schien seine große Klappe irgendwo in den Weiten des Universums verloren zu haben.

WER BIST DU.....
.....DU NICHTSWÜRDIGER WICHT?
ICH BIN SEIN BRUD
ICH WOLLTE IHN NUR ABHOLEN, WENN ES NICHT STÖRT. BIN AUCH GLEICH WIEDER WEG, IN NULL KOMMA NICHTS, VERSPROCHEN!

»Dann bist du ja auch schuld ...«, sagte der Dünne, »... an dieser ungenießbaren Pizza«, ergänzte der Dicke und zeigte auf die angeknabberten Teigfladen, die auf dem Tisch lagen.

»Ach, darum geht es. Wenn ihr nicht zufrieden seid, könnte ich euch einen Gutschein für zwei neue geben. Oder eine Flasche Cola umsonst, wenn euch das lieber ist, oder ... Bogart, sag doch auch mal was!«, rief Anselmo seinen Kater zu Hilfe, der sich in eine dunkle Ecke des Zimmers geflüchtet hatte.

»Wir wollen keinen Gutschein ...«, antwortete der Dünne, und der Dicke fügte hinzu: »... für noch mehr miese Pizzas.«

Die beiden machten ein paar Schritte auf Anselmo zu und schwangen dabei die Baguette-Brote über ihren Köpfen als wären es Keulen.

»Mein Kater könnte euch auch eine neue Pizza backen. Seine Pizza Krawalla ist die beste. Das weiß jeder, stimmt doch, Bogart, oder? Mach schon, Bogart. Lauf in die Küche und back deine erdbebenspezialgetestete Super-Pizza«, rief Anselmo seinem Kater zu. Doch Bogart rührte sich nicht.

Anselmo drückte sich mit dem Rücken an der Wand entlang. Die Zwillinge standen jetzt direkt vor ihm. Anselmo tastete hinter sich. Er suchte nach etwas Brauchbarem, mit dem er sich verteidigen konnte.

Aber alles, was er fand, waren die neugierigen Putzsachen, die sich ins Zimmer geschlichen hatten. Gegen einen Angriff mit einem Stangenbrot würde es zur Not reichen.

»Wir haben genug …«, begann der Dünne, »… von euren leeren Versprechungen«, vollendete der Dicke.

»Erst dein Bruder …«

»… und jetzt du.«

»Uns …«

»… reicht's!«

Der Dicke holte mit seinem Baguette zum Schlag aus. Mit dem Eimer wehrte Anselmo den Hieb ab. Es schepperte laut, und im Eimer blieb eine dicke Delle zurück. Die Baguettes waren steinhart. Sie mussten schon seit Wochen in Marcos Pizzeria gelegen haben.

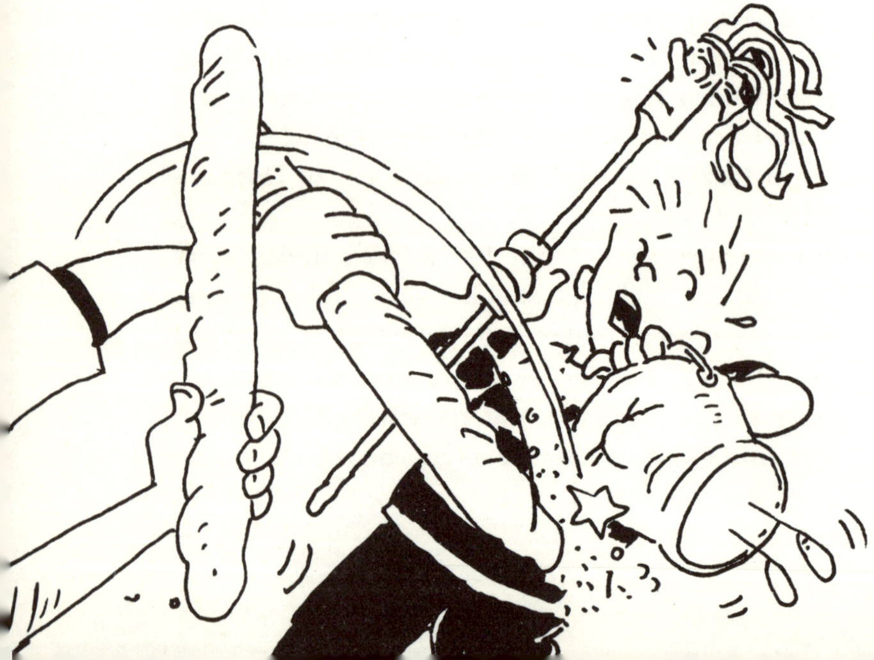

»Lauf, Bogart, lauf«, schrie Anselmo, der sich nun gegen die Schläge beider Zwillinge verteidigen musste.
»Aua! Das ist alles deine Schuld, du Fransenwedel«, schimpfte der Eimer, der gerade wieder einen Schlag abbekam.
»Wer wollte denn unbedingt hier rein, du doch, du Lochblech«, gab der Mopp zurück, nachdem er den Dicken am Musikantenknochen getroffen hatte.
»Aua! Das …«, jammerte der Dicke.
»… gilt nicht«, ergänzte der Dünne und hieb mit seinem Baguette scheppernd auf den Zinkeimer ein.
»Klar gilt das«, erwiderte Anselmo und holte erneut mit dem Wischmopp aus.
Jetzt, wo der Kampf hin und her tobte, erwachte endlich auch Bogart aus seiner Angststarre.
»Mach schon, Bogart, lauf und back!«, schrie Anselmo.
»Aber so gut ist meine Pizza doch gar nicht«, zauderte Bogart, dem es jetzt, wo es wirklich drauf ankam, ganz mulmig wurde.
»Sie ist die beste. Runter in die Küche mit dir!«
»Und wenn sie ihnen nicht schmeckt?«
»Sie muss ihnen schmecken. Beeil dich, lange kann ich sie nicht mehr aufhalten.«
»Du kannst uns …«, versetzte der Dünne.
»… überhaupt nicht aufhalten«, vollendete der Dicke.
»Auf deine Verantwortung!«, brülle Bogart und raste los.

ÄH…
WUSCH
POCK
RATZ · RATZ
KLICK
TICK TACK TICK TACK

Anselmo stand jetzt direkt vor dem offenen Fenster. Er versuchte, sich an seinen Krakentraum zu erinnern. Da hatte er mit einem achtarmigen Ungeheuer gefochten und gewonnen. Na ja, beinahe jedenfalls.
»Mach sie fertig, Anselmo«, feuerten ihn der Wischmopp und der Eimer an.
Die Zwillinge griffen erneut an. Heftiger als zuvor. Anselmo musste sich weit, sehr weit aus dem Fenster lehnen und schließlich sogar nach draußen auf den schmalen Sims flüchten, um ihren Schlägen zu entkommen.

RIIING
HURRA!
HEISS-A-HEISS
OH NEIN – MEINE SCHÖNE SAUBERE KÜCHE! NUMMER 9, WAS HAST DU GETAN?
TUT MIR LEID!

WUSCH
VOILÀ, PIZZÀ!
WO IST ANSELMO?
HMPF-MPFF
HM
DRAUSSEN AUF DEM DACH?

Keine Stunde war es her, da hatte Anselmo geschworen, nie wieder höher als auf einen niedrigen Stuhl zu steigen. Jetzt stand er ganz oben auf dem Haus in der Großen Friedhofsgasse. Der Dicke und der Dünne hatten ihn bis an den Rand des Daches gedrängt. Hinter Anselmo war nichts als zehn Meter Nichts. Die Höhenangst kroch in ihm hoch. Er spürte, wie seine Finger immer heftiger zu kribbeln begannen. Trotzdem musste er durchhalten, sonst waren sein Bruder und Bogart verloren.

Was hatte ihm der Clown geraten? Anselmo versuchte, sich zu erinnern. Sie sind aufeinander angewiesen, hatte er gesagt. Genau wie die Blechfiguren. Nur anders. Natürlich, das war es!

»Ich glaube, du ...«, begann der Dünne.

»... solltest höflicher sein, wenn Besuch kommt«, fuhr Anselmo dazwischen, noch ehe der Dicke etwas sagen konnte.

Die Zwillinge, die immer näher gekommen waren, blieben verwirrt stehen.
»Er kann doch nicht einfach ...«, versuchte der Dünne zu protestieren, doch noch ehe der Dicke vollenden konnte, quatschte Anselmo wieder dazwischen: »... hier rumstehen und sich von euch verprügeln lassen. Da habt ihr völlig recht.«
»Sag ihm, er darf ...«, begann der Dicke, doch Anselmo war erneut schneller, »... eure Sätze beenden, wie er es will.«
Die beiden waren viel zu durcheinander, um weiterzukämpfen. Der Dicke war so verstört, dass ihm sein Baguette aus der Faust glitt. Es polterte die Dachzie-

gel hinunter und fiel in den Garten. Es dauerte lange, bis man den Aufprall und das empörte Quieken eines Seehundes hörte.

»Aber das ist …«, stotterte der Dünne.

»… eine tolle Sache, nicht wahr?! Da seid ihr sprachlos, was?!«, freute sich Anselmo über seinen Sieg und machte vor Freude einen Luftsprung. Nur der Wischmopp konnte gerade noch verhindern, dass Anselmo vor lauter Übermut vom Dach stürzte. Jetzt musste er nur noch an den Zwillingen vorbei zurück ins Haus gelangen. Wo blieb nur Bogart?

»Die Pizza ist fertig.« Der Kater klammerte sich mit einer Tatze an der Regenrinne fest und hielt mit der anderen den Teigfladen triumphierend in die Höhe.

Anselmo roch den würzigen Duft der Pizza, den der Morgenwind herüberwehte. Auch die Zwillinge hielten ihre Nasen in die Luft und schnupperten.
»Das ist unsere ...«, schrie der Dünne, und der Dicke vollendete ebenso laut und ungestört: »... ganz allein unsere!«
Als Bogart die beiden auf sich zustürzen sah, ließ er die Pizza fallen und machte, dass er wegkam. Anselmo kletterte vorsichtig zu ihm hinunter. Die Zwillinge hatten das Interesse an ihm verloren. Für sie war jetzt nur noch die Pizza wichtig.
»Wird Zeit, dass wir hier verschwinden«, sagte Anselmo, als er Bogart auf dem Fenstersims einholte.
Bogart zögerte: »Und was ist mit meinem Trinkgeld?«
»Vergiss es. Wir müssen hier weg, ehe sie fertig sind«, drängelte Anselmo. »Vielleicht ist deine Pizza ja doch nicht so gut, und dann kann uns keiner mehr helfen.«
»Sie ist die beste! Sie ist erdbebenspezialgetestet«, schmollte der Kater, der endlich sein unerschütterliches Selbstbewusstsein wiedergefunden hatte.
Anselmo half Bogart, dem Mopp und dem Eimer zurück in das Dachzimmer.
Marco war überglücklich, seinen Bruder unversehrt wiederzusehen. Anselmo lief auf ihn zu und nahm ihm den Knebel aus dem Mund. »Die Knoten machen wir später auf. Bogart, such du die Blechfiguren zusammen, und dann nichts wie weg hier!« Anselmo schnappte sich den Schreibtischstuhl mit seinem Bru-

der und schob ihn wie einen Rollstuhl hinaus auf den Flur. Bogart rannte hinterher. Die leblosen Blechmänner hatte er sich unter den Arm geklemmt.

An den Hamstern, dem Wal und den Möbeln vorbei sprinteten sie durch die Halle hinaus, so schnell sie konnten. Im Swimmingpool vor dem Haus rauchten noch die Trümmer der Rakete. Dazwischen spielten die Seehunde Ball, indem sie den Professor von Schnauze zu Schnauze warfen.

Bogart schmiss die Blechmänner hinten auf die Ladefläche des Wagens, dann schoben Anselmo und Bogart Marco mit dem Stuhl hinterher.

»He, das könnt ihr nicht machen!«, protestierte Anselmos Bruder. »Bindet mich gefälligst los.«

»Sofort, wenn wir zu Hause sind, jetzt ist keine Zeit«, antwortete Anselmo und knallte die Klappe zu, nachdem Mopp und Eimer mit einem tollkühnen Sprung hineingehechtet waren.

Bogarts Geschichte wurde von lauten Schreien unterbrochen.

»Mann, ist ...«

»... die lecker«, johlten die Zwillinge auf dem Dach.

»Was war das denn?«, fragte Bogart.
»Keine Ahnung, aber besser, du gibst Gas«, trieb Anselmo den Kater zur Eile.
Als der dreirädrige Pizzablitz die Große Friedhofsgasse hinunterraste, saßen die Zwillinge noch immer auf dem Dach der Nummer 666. Hinter ihnen ging schon die Sonne auf, und ihr Entzücken über die beste Pizza, die sie jemals gegessen hatten, weckte die ganze Stadt aus ihrer wohlverdienten Nachtruhe.

EINE KLEINE PIZZA ZUM PROBIEREN!
ICH ESSE AUCH ZWEI!

Eine Woche später
ZWEI GROSSE PIZZA KRAWALLA ER HAT GLEICH EINEN KAMPF!
JEDER KOMMT DRAN.
EINMAL ZURÜCKTRETEN BITTE!

PIZZA KRAWALLA
WEHE, DU ...
... DRÄNGELST!

SCHMECKT'S ??

LESEPROBE

1. Kapitel
Gestatten — COOLMAN und ich

Stellt euch eine Straße vor. Steil wie eine Skischanze führt sie den Berg hinunter. Am Ende der Abfahrt liegt ein kleiner Park mit einem Teich, der von hier oben winzig aussieht.
Habt ihr das?
Prima.
Stellt euch jetzt einen gelben Müllcontainer vor. So einen mit vier winzigen Gummirädern unten dran, randvoll gefüllt mit ungespülten Joghurtbechern.
Seht ihr ihn vor euch? Könnt ihr den Schimmel riechen?
Okay, dann stellt euch jetzt einen Jungen vor, der bis zum Hals in diesen miefenden Verpackungen hockt und vor Panik lauter schreit als ein Brüllaffe im Tropenhaus, weil dieser dämliche Plastiksarg keine Bremse hat und auf der steilen Straße immer schneller und schneller wird.
Könnt ihr euch das vorstellen?
Sehr gut, denn dann wisst ihr jetzt auch, wer ich bin. Mein Name ist Kai, und ich bin der Junge, der in dem Container um sein Leben brüllt, weil der Lastwagen von rechts erst in letzter Sekunde bremst und da vorne auch schon die nächste Kreuzung kommt.

Bis hierhin war es leicht für euch. Jetzt aber wird es schwer, denn ich bin nicht allein in dem Container.

Stellt euch einen Typen vor mit einem Cape und einer schwarzen Augenmaske, der neben mir sitzt. Er hält seinen Kopf in den Fahrtwind und scheint das auch noch zu genießen.

Und um es euch noch ein bisschen schwerer zu machen, hat er eine bunte Plastiktröte in der Hand, in die er hineinbläst, als wäre er Trompeter bei der 6. Kavallerie. Unterwegs, einen Trupp Siedler vor einer Horde Apachen auf dem Kriegspfad zu retten.

Darf ich vorstellen? Der lebensmüde Typ mit der Trompete neben mir hört auf den Namen COOLMAN.
COOLMAN begleitet mich, seit ich vier bin. Aber nur ich kann ihn sehen. Für alle anderen ist er unsichtbar und das ist auch besser so. Es reicht, dass er mein Leben zu einer endlosen Abfolge von immer katastrophaleren Katastrophen macht. Und – Überraschung, Überraschung! – COOLMAN ist auch schuld daran, dass ich in diesem stinkenden Container sitze und meinem Ende entgegenrase.

Eigentlich hatte der Tag ganz gut begonnen. Ein guter Kai-Tag ist einer, der ohne größere Schicksalsschläge vorübergeht und an dem sich COOLMAN möglichst selten blicken lässt. Was eigentlich auf dasselbe hinausläuft.
Dieser Vormittag war so ein guter Kai-Tag. Die Sonne schien, ich war in der Schule nicht komisch aufgefallen und auch COOLMAN verhielt sich still und unauffällig. Er mag die Schule nicht, genau wie ich. Das aber ist auch schon das Einzige, was uns beide verbindet.

Drei Gründe, warum COOLMAN die Schule nicht mag:
1) Er kann nicht rechnen.
2) Er kann nicht schreiben.
3) Ich habe während des Unterrichts keine Zeit für ihn.

Drei Gründe, warum ich die Schule nicht mag:
1) Sie beginnt zu früh.

2) Sie dauert zu lange.

3) Ich kenne da noch nicht so viele Leute, weil wir gerade erst hierhergezogen sind.

Okay, COOLMAN hat recht. Also, mit den Leuten, nicht mit der 45. Ich kenne hier tatsächlich noch niemanden, sonst säße ich auch nicht in diesem blöden Container. Wenn ich die beiden Jungs gekannt hätte, die auf der Parkbank vor unserer Schule saßen, dann hätte ich die Klappe gehalten, als sie mir ein Bein gestellt haben. Ich wäre einfach aufgestanden und hätte kein Wort gesagt. Außer vielleicht: »'tschuldigung, dass ich über eure Füße gestolpert bin.«

Mein größter Fehler: Ich höre zu oft auf COOLMANs Ratschläge.
»Wenn ihr groß seid, dürft ihr meinen Porsche waschen«, habe ich gesagt, weil ich das mit dem Ferrari etwas übertrieben fand.
Ich wusste ja nicht, dass die beiden die schlimmsten Schläger der ganzen Schule sind. Gefährliche Typen, denen man

AUF GAR KEINEN FALL einen frechen Spruch reindrücken sollte.
Um es kurz zu machen: Die zwei haben mich gepackt, kopfüber in den gelben Container gestopft und auf die Straße geschoben. Das war schlimm, aber noch nicht besorgniserregend. Besorgniserregend war, dass unsere Schule ganz, ganz oben auf dem Berg liegt, den ich jetzt in dem gelben Plastikcabrio mit einem Affenzahn hinunterrase.

Die erste rote Ampel habe ich überlebt. Aber da vorne kommt schon die nächste und die ist wieder rot. Eine grüne Welle war bei meinem Glück auch nicht zu erwarten. Immerhin ist es die letzte Ampel. Dahinter liegt der Park, und wenn ich es bis dahin geschafft habe, stehen meine Chancen nicht so schlecht, lebend aus dem Container zu kriechen.
Langsam habe ich raus, wie ich ihn lenken kann. Wenn ich mich mit Schwung von einer in die andere Ecke schmeiße, macht auch der gelbe Müllflitzer einen kleinen Sprung zur Seite. Das ist dringend nötig, weil ich einen Kleinwagen überholen muss, der vor der roten Ampel hält. Mit knapper Not schramme ich an der Stoßstange vorbei und schaffe es, rechts an ihm vorbeizuziehen. Als ich in Höhe des Lenkrads bin, erkenne ich, wem der Wagen gehört. Hinter dem Steuer sitzt die Maier, meine Lehrerin. Sie starrt mich an, als würde sie gerade von einem Elefanten auf Schlittschuhen überholt.

Aber dazu komme ich gar nicht mehr, weil ich so schnell an ihr vorbei bin. Mir bleibt gerade noch Zeit, ihr zu winken. Die Maier winkt zurück, aber das war nur ein höflicher Reflex, vermute ich. Dann bleibt sie auch schon hinter mir zurück, und ich muss mich darauf konzentrieren, lebend über die letzte Kreuzung zu kommen.

Vorne rechts lockert sich eines der Räder. Kein Wunder, die Dinger sind dafür gebaut, vom Stellplatz zum Müllwagen und wieder zurück gerollert zu werden, und für sonst gar nichts. Für Formel-1-Rennen ist das Material völlig ungeeignet, und eine Boxengasse, in der ich den Reifen wechseln könnte, ist auch nirgendwo zu sehen.

Trotz des Reifenschadens werfe ich mich ein paarmal gegen die Containerwände, um den Autos auszuweichen, die von rechts und links die Straße kreuzen. COOLMAN versucht uns mit seiner Trompete den Weg frei zu tröten. Als wenn das jemand hören würde! Die Trompete höre nur ich, und der Lärm, den COOLMAN Musik nennt, sorgt auch nicht dafür, die Lage zu entspannen. Im Gegenteil. Das liegt daran, dass COOLMAN nur selten den richtigen Ton trifft. Und wenn, dann nur durch Zufall.

COOLMAN liebt schlechte Witze, aber das ist mir jetzt im Moment völlig egal. Die letzte Kreuzung liegt hinter uns und ich lebe noch. Hurra! ICH LEBE NOCH!